INK

INK INK INK INK INK INK
NK INK INK INK INK INK IN
INK INK INK INK INK INK
NK INK INK INK INK INK IN
INK INK INK INK INK INK
NK INK INK INK INK INK IN
INK INK INK INK INK INK
NK INK INK INK INK INK IN
INK INK INK INK INK INK
NK INK INK INK INK INK IN
INK INK INK INK INK INK
NK INK INK INK INK INK IN
INK INK INK INK INK INK
NK INK INK INK INK INK IN
INK INK INK INK INK INK
NK INK INK INK INK INK IN
INK INK INK INK INK INK
NK INK INK INK INK INK IN
INK INK INK INK INK INK
NK INK INK INK INK INK IN
INK INK INK INK INK INK
NK INK INK INK INK INK IN
INK INK INK INK INK INK
NK INK INK INK INK INK IN

經商社匯
14

十年後的中國

朴漢真·著　金炫辰·譯

【目次】

第二章　今日的中國：被成長神話遮掩的中國成長痛　107

第三章　韓國的對策：該如何面對遽變的中國　161

（序）中國夢，應該在變成惡夢之前做好防備

朴漢真

中國對韓國來說，不僅很特別，而且是不可或缺的。韓國在過去幾年內需不振極爲嚴重的情形下，還能耕耘出逼近二百億美元的貿易收支黑字成果，可見支撐韓國經濟的最大市場就是中國。根據統計，在中國投資的韓國企業有一萬多家，不過據了解，實際上的數字超過二萬家。

不僅如此，每年超過二百萬人次的韓國人往返中國，而且長期居留的韓僑多達三十萬人，在上海、北京以及青島等地，陸續成立了不需中文溝通的韓國村。當初原本以企業派駐中國的員工爲主，後來則多爲開創個人事業第二春的例子，這已經不是新鮮的話題了，最近更由於韓國青年失業者大量湧入中國而備受關切。

筆者在大韓貿易投資振興公社（Korea Trade-Investment Promotion Agency：Kotra）上海

貿易辦事處以資訊負責人的身分提供服務，每天平均約處理二十至三十件與中國相關的諮詢業務。以前來諮詢的大多爲輸出與投資企業的從事者，但不知從何時起，諮詢範圍逐漸擴張至醫師、美容師、自營業者等。有時甚至有家庭主婦來求助關於子女的早期留學事宜。記得有一次一位小學生直接來電說「想到中國留學」，讓我驚訝不已。事情到了這樣的地步，雖然中國是外國，實際上卻與我們的生活如此接近，而這才不過是十年間的情形而已。

國內經濟越不景氣，將眼光轉向中國的「中國夢」之傾向越強。未來將成爲世界最強經濟大國的中國，距離韓國僅有咫尺，等於讓韓國因而能夠獲得無限的市場，從這方面來說，實在是令人欣慰的事。

儘管如此，筆者仍然沒辦法甩掉不安感。不只是因爲擔憂遲早有一天中國產業的競爭力會超越韓國，更因爲中國正以多元性及柔軟性爲武器而持續激變，但韓國看中國的角度及行爲模式，卻與十年前沒什麼改變。仍然有很多人誤以爲只要到中國去就可以大賺一票。也有不少企業只爲了逃避人力成本上升及勞資糾紛的問題，而毫無對策地下定決心前往中國。發生嚴重急性呼吸道症候群（Severe Acute Respiratory Syndrome：SARS）的那段期間，有些企業因而打退堂鼓撤回韓國，也有些人在中國政府一展開緊縮政策時，就斷定中國的經濟榮景會馬上結束。

「韓流」現象中找不出事業模式（business model），韓國人卻大肆渲染，比中國當地人還興奮。關於中國的資訊天天奔流如瀑布，但大都是翻譯資料，幾乎沒有完整的分析。學術界雖一再規畫進入中國的策略，卻無法與企業現場銜接。只不過到中國旅行三、四天的旅客，便將初步印象中的表象當成眞理似的，到處去嚷嚷。觀察中國的角度每次都呈現出這樣的兩種極端，這就是我們韓國的觀點，在混雜著驚訝的中國美夢中失去了方向。如此一來，我們彷彿有兩個兒子分別賣雨傘和賣草鞋的那種母親的心情一樣，中國成功了令人覺得不安，中國失敗了也令人覺得擔憂。

筆者居留上海，面對天天不同變貌的中國，天天覺得驚訝，而且也覺得懼怕。因爲如果韓國現在不變的話，將無法掌握未來十年的危機。韓國的改變並不全是爲了培育產業競爭力，而大部分是爲了扭轉對中國的認知及採取的相應行動。一九九二年中韓建交以來的十年間，也許是再也喚不回的甜蜜時光。到目前爲止，韓國人在中國仍可大聲嚷嚷，但將來或許會變成我們的子孫在中國土地上淪落到做雜務的處境。

筆者在本書中眺望十年後或更遠的未來在中國可能發生的變化，並分析向那種變化前進時的樣貌，以及提示在此時空上我們的認知及行爲該如何變化因應。本書在分析中國的未來時，不會只偏重於數據，而會注意整體的結構與流向。

本書中沒有如章家敦《中國即將崩潰》（*The Coming Collapse of China*）或日本的中國專家宮崎正弘《人民幣大崩潰》等悲觀論，但也並不是一味的樂觀。拋開對中國的過度期待及毫無根據的危機感才是本書的主要意圖，因此筆者盡量保持不偏向任何一邊而以客觀的角度來撰寫。從這個觀點來說，本書既是爲了預測十年後的中國，同時也是爲了從正確的角度來觀察現代中國而寫成的。

曾經預見舊蘇聯的崩潰及九一一恐怖攻擊事件的彼得·舒瓦茲（Peter Schwartz）提供了預測未來的方法——「局勢管理」（scenario planning）。雖然對未來的預測本來就漫無邊際，但如果分別爲「更好的未來」、「差不多的未來」、「比現在還差的未來」搜集與各狀況相關的資訊並提出疑問，便可藉此找出其徵兆及對策，這就是舒瓦茲式的未來預測基本架構。

筆者未在本書中使用「局勢管理」技法，而試著完全以現在發生的事情爲根據來透視未來。因爲筆者認爲如此才不會被捉摸不定的浮雲迷惑，而更有助於了解中國的未來。

中國，不是威脅也不是機會。善用即爲良藥，誤用即爲毒藥。對中國的判斷及評價，依觀察者的不同而有許多變數。重要的是拋棄成見而接受其眞正的原貌，如此才能正確運用對韓國未來具有重大影響的「中國」。

二〇〇五年四月寫於上海

（推薦序）預測以光速變化的未來中國

李曉秀

中國是韓國的最大出口市場，同時也是首要的投資對象。韓國出口總值的百分之二十是輸往中國，至於投資方面，至二○○五年一月止有一萬一千四百九十九件，共一百零七億二千九百八十七萬美元，算起來所有海外投資數量中約有一半都投資於中國。現在韓國企業中幾乎沒有一家企業對中國不關心，而且如果不提中國，不但沒辦法談論韓國經濟的現況，更不用談未來的發展策略。

已經加入世界貿易組織（World Trade Organization：WTO）三周年的中國，最近還提出了第三梯次產業追加開放措施。韓國企業可以投資經營的領域從製造業廣泛擴張至流通及服務業，期望因而成爲進一步接近內需市場的契機。

將來中國市場會變得更廣大，以後可能會有更多家韓國企業爲了尋找新機會而選擇前往中國。不管我們願不願意，韓國經濟的中國依賴度將更加提高，不過這樣的展望並不會自動提升韓國企業的成功機率。因爲中國雖有無限的市場潛力，但同時也有對等的危險變化因素。

韓國企業目前持續在中國大肆宣傳，但假如以爲未來五年或十年仍然會像今天一樣順利，那可能就太過樂觀了，因爲其中還是有太多不安的因素。目前中國已經有超過五十萬家的外商投資企業，未來十年後可能更多達一百萬家，也就是說世界上幾乎所有企業都蜂擁前往中國，匯聚成激烈的競爭市場，加上中國企業已不再是過去只會製造低價產品的廠商。假設將中國市場比喻爲奧運競賽，雖然遊戲規則不斷改善，但選手卻呈倍數增加，使得競爭更加激烈，而且涉及中國經濟的內外環境瞬息萬變，有人甚至把它形容爲「以光速變化」！

在競爭與變化極爲激烈的市場，採取和大家相同的方法已無法保障成功，正確判斷中國現象的眼光及正確的資訊是不可或缺的條件。但光靠這些是不夠的，因爲這樣也許可以掌握眼前的市場，但沒辦法保證未來的成功，必須比別人早一步預見未來且先做好準備。

之前我們並不是全然沒有這種態度和努力。雖然曾經預測幾年後的市場規模，也探討過中國企業的發展動向，不過那些預測和探討的焦點大都著重於「對我們是威脅或是機會」，而幾乎不曾謹愼思考過未來中國經濟將會變成什麼樣貌，以及韓國企業爲了能在中國生存下去，該預備什麼等等。

中國有句俗語：「好花不常開，好景不常在。」美麗的花並不是天天都綻放，好日子也不會永久持續。爲了要確保未來十年甚至更長遠的生存，應該好好體會這句話。

本書是關於中國未來的預測，但不同於其他單純顯示數據或如捉摸浮雲的一般預測書籍。本書以正在變化或有變化跡象的明顯徵候爲根基，描繪中國經濟各領域精密地圖的心態，從客觀角度透視中國未來的樣貌，並更進一步具體而詳細地指出韓國企業、個人及群體該如何計畫生存策略。

撰寫本書的駐上海貿易辦事處朴漢眞次長，是一位在中國經濟理論及實務上深受肯定且能力卓越的專家，歷經數個月埋首搜尋資料及撰稿，將多年來累積的知識及經驗都濃縮在本書裡，可說是Kotra中國總部最有信心推薦給讀者的年度力作。

我深信《十年後的中國》對正計畫進入或已經進入中國的韓國企業CEO及實務者來說，是一本珍貴的未來策略指南。如今中國不只是企業界的活動舞台，也已經成爲全體韓國人的共同關心對象，對一般讀者而言，本書也是一本正確掌握中國現在與未來的參考書。

（本文作者爲Kotra中國總部部長）

第一章

十年後的中國：會變怎樣、會如何變？

一、展望五十年、一百年後

令人耳目一新的中國未來

因改革開放而出人意料轉型成功的中國，總會被加上一些華麗的形容詞。例如年平均百分之八至九的高成長率、蜂擁而上的外商直接投資（Foreign Direct Investment：FDI）、脫胎換骨似發展的上海、連亞洲金融風暴及SARS等超大型惡災都能克服的耐性、需要調節速度的過熱經濟等，都是描寫今日中國神話的暢銷名句。

現在又另外出現新的形容詞，就是關於預測中國「第二度脫胎換骨」的劇本。那麼在未來十年的時間裡，中國將會發生什麼樣的變化呢？

以亞洲通著稱的《紐約時報》（*New York Times*）記者克里斯多夫（Nicholas D. Kristof）曾因報導「天安門事件」而獲得一九九〇年的普立茲獎，他在《雷霆東方：向上提昇中的亞洲速描》（*Thunder from the East：Portrait of a Rising Asia*）一書中預測，二〇二〇年時中國若以購買力平價（Purchasing Power Parity：PPP）①換算將會超越美國，而到二〇四〇年前更會成爲世界最強經濟大國。瑞士信貸第一波士頓公司（Credit Suisse First Boston：CSFB）還提出，二〇一四年時中國將甩掉美國而成爲世界經濟最大成長動力。讓「金磚四國」（BRICs：巴西、俄羅斯、印度、中國）此一專有名詞流傳於全球的高盛集團（Goldman Sachs），亦預測中國要超越美國只是時間的問題。

令人耳目一新的未來中國的預測不止於此，有人預測中國年所得超過一萬美元的都市家庭，自二〇〇三年的四百萬戶以下，到二〇一四年時會增加爲一億五千一百萬戶；還有預測說，未來十年中國股市的上市公司將超過一萬家，市價總額繼美國之後成爲世界第二名。更有國際運動界領導人預言，患有足球恐「韓」症的中國將逐漸成爲世界級的足球強國。十年後的中國光靠這些就足夠輕易控制全球。

未來學者彼得．舒瓦茲曾說：「未來，從頭到尾都是不確定的。」因爲以人類的能力而言，仍跟不上很多變數隨時結合又分離的狀況。儘管如此，未來中國的預測一片大好，確實無法聽了以後仍不當一回事，因爲其背後一定會隱藏著壓倒無數不確定性的某種強大動力。

超大肚量的國家經營策略

驚人的是，中國的發展藍圖可回溯至早就過世的鄧小平時代，也就是區分爲「溫飽」、「小康」、「大同」的所謂「三階段發展論」。

「溫飽」是一九七九年至一九九九年的二十年間，要解決寒冷及飢餓問題的階段。從具體上來說，計畫達到每人的國內生產毛額（Gross Domestic Product：GDP）八百到一千美元的目標。「小康」（二〇〇〇年至二〇二〇年）是提高生活品質的階段，此期間裡的GDP總額將達到四兆美元，而每人的GDP爲三千美元。「大同」（二〇二〇年以後）是建設現代化福利國家的階段，使中國躋身先進國家的行列。這就是鄧小平生前所安排的國家經營大計。

鄧小平認爲在「大同」階段需要更長期性的策略，而不設定完成時間點。一九七〇年代提出改革開放的藍圖時便已經展望未來五十年、一百年後，安排好宏觀的國家經營策略基本架構。中國人至今仍舊敬仰鄧小平，譽之爲中國經濟的總設計師，就是這個緣故。

在此不可不注意兩個重要事實：

第一，無論是不是巧合或精密計畫的結果，驚人的是中國到了一九九九年時每人的GDP已超過八百美元，到二〇〇三年時達到了一千零九十美元，堂堂通過了第一階段的「溫飽」。執政者及一般老百姓都親眼確認，原來這三階段發展論不只是一種政治上的口號，因此自然而然有了信心。

第二，更重要的事實就是即使執政者換人，但仍然維持原來的計畫，而給它加上適合時代狀況的色彩。江澤民時代出版的《中國二十一世紀議程——中國二十一世紀人口、環境與發展白皮書》（一九九四年）、《國家可持續發展報告》（一九九七年），以及自胡錦濤掌權後一直到二〇五〇年止，將國家發展課題細分爲都市化（二〇〇三～二〇一〇年）、資訊化（二〇一一～二〇二〇年）、知識化（二〇二一～二〇五〇年）的《中國現代化報告》（二〇〇三年）等，都不是憑空設計出來的新國家策略，而全都是以鄧小平的「溫飽」、「小康」、「大同」三階段爲根基所設計出來的，而「經濟開發五年計畫」也是自一九八〇年代起以三階段發展論爲背景。進一步顯示，所有計畫和政策都不例外，都是以建設小康社會爲目標。未來十年陸續登場的中國執政者，也會爲了將計畫塗上更好的色彩而全力以赴。

這樣的一貫性，可眞是其他國家不容易模仿的高難度且強而有力的國家競爭力。如今將「百年大計」這樣的詞句對照韓國的現況，不禁令人汗顏。觀察中國未來的各種評論中，樂觀論及悲觀論都各有所本，不過樂觀論較佔優勢，因爲在國家經營的基脈中流著全世界任何國家都找不到的驚人的一貫性，而且由此形成預測的可能性。

一般來說，國家經營的最高原則爲政策的一貫性及可預測性。有些會隨環境與情況而變化，但有些是無論時代如何變它都不會變的原則。在經濟領域裡更是如此，因爲需要有藍圖來安撫不知未來而產生的不安感。

只不過十年前，想學習韓國的中國人蜂擁前進韓國，但如今反而是韓國人爲了學習中國而頭昏腦脹。既然要標竿學習（Benchmarking）②就應先將重點放在畫草圖上。如果沒準備草圖而急忙先上色，或一換畫者就從頭再來全然不同的畫面，將會有什麼樣的結果？看起來好像在忙著畫圖，但實際上又不確定何時才能完成作品。國家經營也是相同的道理。沒準備草圖和長遠的計畫，不但會喪失方向，而且會導致與許多利害關係人之間的對立和衝突。

畫藍圖有兩個原則：

第一，不論是整個國家或各種大小團體，所有成員都必須抱持著歸屬感和責任意識來共同參與。假如沒有這樣的過程，就沒辦法承受將來各自爆出的不同聲音。

第二，應該以長期的眼光判讀整體的流向，爲此而必須果斷擺脫執著於眼前成果的短期業績主義。

我們將目光轉向脫胎換骨之地——上海浦東。不要光看摩天大樓和華麗的夜景，而要思考一下它們能脫胎換骨的原因何在？中國政府在一九九〇年四月，將當時仍不起眼的浦東納入國家級開發計畫，後來只不過十餘年間，果然蛻變成受全世界矚目的地區。因爲預先準備好確實的藍圖和強而有力的意志，加上不受動搖的政策支撐才有今日的成果。反觀在同一時期動工的韓國新萬錦濕地開發政策如何？尖銳的對立中，正反兩方仍持續不斷令人厭煩的攻防。隨手一找，韓國和上海兩地的差別，何止這個例子而已？

注釋：

①「購買力平價」是指同一數量的美元在不同地區的購買力。

②「標竿學習」是透過尋求最佳典範作爲學習對象的方式，汲取其精華，使企業能夠藉此過程有效提升營運績效。

二、綠貓論

不同於表面的中國內部情形

二〇〇一年十一月十日，在卡達（Qatar）多哈（Doha）舉行的WTO高峰會，確定中國加入WTO時，中國對外貿易經濟合作部長石廣生無法隱藏興奮的心情，那是自從加入關稅暨貿易總協定（General Agreement on Tariffs and Trade：GATT）後，經過長達十五年的艱苦努力才終於達成的目標。但是石部長並未陶醉於興奮之中，而以發表未來的決心做爲自賀的感言：

「加入世貿組織以後，中國將在權利與義務平衡的基礎上，在享受權利的同時，遵守世貿組織規則，履行我們的承諾。中國是一個負責任的國家，中國願與其他世貿組織成員一道，共同維護多邊貿易體制的原則和宗旨，爲世界經濟貿易的發展作出貢獻。」

當時中國的媒體好像響應石部長的話似地，齊聲打電報形容爲「狼來了！」加入WTO對他們來說，所隱藏的「終於來了」的危機感比終於達成宿願的成就感還重。也就是說，雖然中國經濟在表面上有前所未有的成長，但從一向不懂得競爭而溫和成長的許多國營企業的立場來看，洶湧而來的外國企業就像惡狼般恐怖。當全世界都以驚訝又恐懼的眼光看著中國急遽發展時，中國竟然喊出狼來了這樣的警訊，聽起來很像牧羊少年的惡作劇謊言，即使加入WTO已經過了三年，在市場加速開放的現在仍然不時傳出這樣的呼聲。

「狼（外國企業）恐懼症」在美國《財富雜誌》（*Fortune*）公布的二〇〇四年全球五百大企業的中國入榜者中也照樣呈現出來。全球五百大企業當中，一九九七年僅有三家中國企業，但到了二〇〇四年有十一家，增加了近四倍，增加率全世界最高。當時也爆出與二〇〇三年中國成功發射載人太空船時相同的歡呼聲。但歡樂的氣氛很短暫，馬上就開始出現自省的聲音：「雖然企業規模變大，但沒有自己固有的品牌」、「未來還有多少企業能夠入榜，仍然是未知數」。這種不容易心滿意足的不同評價，就是中國的實際情況。

GDP至上主義引起的副作用

表面上中國的擔憂來自於現階段企業的國際競爭力還不夠，但眞正的原因在於之前過度執著GDP至上主義之財政政策的成長方式。

中國自從一九七八年改革開放以來，如果不想讓長久以來的失業問題化膿潰爛，那麼就必須保持每年至少百分之七以上的高成長，這是政策決定者共同的判斷。成長率的目標達成才是最優先的課題，至於均衡發展及戰略性的成長並不是關心的重點。各地方政府受到中央政府的鼓勵，而競相提高成長率，成績好的地方幹部以升遷做爲獎勵。將地方政府提出的年度成長率數值都加起來計算，甚至出現比國家成長率還要高百分之幾。

站在中央政府的立場，一九九七年一爆發金融危機，便立刻執行快馬加鞭的財政政策。雖然中國本身並不是金融危機的當事國，但還是發行國債以便擴大政府投資，且大幅增加公共事業預算，這是爲了擴大國內有效需求而擺脫經濟萎縮影響的措施。編列赤字預算以便將資金與資本集中投資於大型計畫的方式，可說是克服不景氣的典型凱因斯（Keynes）學派式處方。

雖然因爲被高成長率蓋住而看不清楚，但終於在很多方面開始出現以擴張爲根基的財政政策引起的副作用。首先，財政赤字如雪球般增大起來。過去七年間政府發行的長期建設國債金額高達九千億元人民幣（約一千零九十億美元），而財政收支赤字自一九九七年的五百八十二億元人民幣（七十億美元），到二〇〇三年時增加爲三千一百九十八億元人民幣（三百八十七億美元）。雖然維持了經濟成長率，但另一方面卻使國家財政危機升高。

由於偏重政府主導成長，使得政府投資的規畫上動員了各種行政手段，而且一直保持典型的政府干涉型經濟系統。一些公共投資在採購發包及執行過程中，產生相關公務員在金錢、倫理方面的不法行爲，最後超越財政赤字上的問題而擴大至政治問題。對此有些看法認爲，以擴張爲根基的財政政策，使得地方政府造成了景氣過熱。

副作用也出現在出口部門，其代表性事例爲免徵出口附加稅。隨著輸出優先主義滋長，企業界挺身施展強推型出口策略，爲了降低費用而引起激烈競爭，而且由於重複生產及濫用資源，而造成破壞環境與生態的棘手問題。因爲免徵出口附加稅而不足的稅收，自然而然轉嫁到其他方面，使得農村及農業部門的租稅負擔增加。當初只注意眼前的問題而沒有考慮到未來。

已具外部結構繼而充實內在的成長

這些問題並不是只提出新政策就能解決，因爲之前爲了量的高速成長而直往前跑，因此累積了系統上的問題。如果未來十年、二十年後逐漸成爲名副其實的世界經濟大國，生產方式的變化是必要條件，如果不管其他而把焦點僅僅瞄準於成長方面的話，就會承受不了資源的負擔。生態環境一旦被破壞便很難再復原，而且也無法再擔保未來的成長等迫切問題。中國原本一直保持著社會主義體制，透過改革開放而成爲成長的新榜樣，如今正面臨爲了生存而不得不改變的景況。

實際上改變已經開始了。包括溫家寶總理在內的國家指導者們，在二〇〇四年提出了「從此應該轉向考慮環境及品質」的政策基調，隨之積極展開關於「綠色GDP」的討論。

中國理論家對此解釋爲「綠貓」登場了。這是對照過去改革開放理論所根據的「黑貓白貓論」（無論是黑貓或白貓，只要會捉老鼠的貓就是好貓）。如果說，「黑貓白貓論」是超越社會主義或資本主義理念的「實事求是」型經濟建設戰略，那麼「綠貓論」是在考慮環境及資源的立場上追求成長。如果「黑貓白貓論」在現代經營學上來說是以計量經濟（Econometrics）①爲主的目標管理（Management by Objectives：MBO）制度，那麼連同非計量經濟也要考慮到的「綠貓論」，則是與近年來受歡迎的「養生」（well being）經濟相通。

另外在財政政策上也有了變化。二〇〇四年十一月六日，中國財政部副部長樓繼偉在北京舉辦的「二〇〇五年中國行業發展報告會」上表示：將會削減財政赤字及公共投資、減免農業稅以及進行財政改革。換句話說，要減低財政政策的強度，而像市場經濟國家一樣增進通貨政策的比重。

未來第十一梯次五年計畫（二〇〇六～二〇一〇年）以及第十二梯次五年計畫（二〇一一～二〇一五年）中，設定中國經濟特徵的兩大基調爲「綠GDP」及「通貨政策」，可說是在以下四種行政立場上超越改革措施水準的戰略變化。

第一，減少由政府直接干涉的公共投資，並安排活絡民間投資的措施。這代表要縮小政府的角色，並立法強化保障個人財產權。此外即將接二連三提出對公共投資領域擴大民間資本的參與方案。

第二，原本為了擴大輸出而實施的免徵出口附加稅措施，已逐漸恢復課徵。這不但符WTO的規定，而且可以避免盲目的輸出競爭及浪費資源。如此一來，可能會使靠輸出賺取的外匯收入減少，並對貿易收支管理產生負面的影響，而且對投資中國的韓國企業也會造成不利，不過這是隨戰略調整而不得不忍受的必然結果。

第三，由於廢除農業稅而減輕農民的負擔，為農業相關企業提供新的成長機會。中國政府期待透過它改善農村環境，改善離開農村而聚集於都市的所謂「民工荒」②現象，也藉此能稍微解決都市及農村的不均衡問題。

第四，消費將凸顯為新的成長引擎，塡補財政政策的不足。在此過程中不可或缺的是內需服務市場的開放。到目前為止，中國政府一直對市場開放保持非常慎重的態度，但從此以後，很有可能原則上維持安全措施的同時，積極朝開放的方向邁進。

中國的變化並非想像中那麼容易。「綠GDP」的概念出現在先進國家已經很久了，但是仍有技術面的問題，到目前為止還沒有國際上統一的標準——以數值設定資源及環境的概念。通貨政策若依靠仍然脆弱的金融結構，是無法保證成功的。

但是一直依賴外部結構成長過來的中國，現在連內部都落實鞏固了，的確不容小覷。不以之前的成就感自豪，正確認知問題的核心且努力解決其中的問題，會使得急速成長中的中國形成強而有力的國家競爭力。

自從一九九七年發生金融危機以來，韓國國內經常聽到：「太早加入經濟合作暨發展組織（Organisation for Economic Co-operation and Development：OECD）了」、「太早開香檳酒了」等責備。筆者居留中國已超過二十年，但不曾目睹過中國人做事情因爲做得太急而搞垮。我看到的是，無論他們在WTO加入案決定的瞬間，或載人太空船發射成功，還有全球五百大企業的排名公布的時刻，仍然表現出爲了預備即將到來的挑戰而控穩腳步的神態。我認爲中國人的這種態度，在衡量未來再進一步的成長可能性時成爲非常重要的評估尺度。

變化中的中國經濟成長指標

根據中國國家信息化測評中心發表的資料，未來全面引進「綠GDP」概念時，要以GDP單一數值說明中國的經濟成長，須綜合以下五種指標才能判斷。

第一，經濟效益指標。它反映在投入資金的經濟成長過程中獲得的效益水平。這指標的數值越高效益也會越高。

第二，結構指標。它反映經濟成長過程中的結構狀況。具體來說，就是在管制第一梯次產業及第二、三梯次產業、工業及農業、採礦業與建築業及加工業、工業及能源、工業及交通運輸業、工業及建築業、工業及流通業、工業及科學教育等產業間均衡成長。理想狀況是各產業保持基本上的供需平衡，以及不發生瓶頸現象。

第三，社會發展調和指標。它反映國民經濟成長及社會發展之間的調和程度。在實際的計算上以通貨膨脹率表示，理想目標爲高經濟成長中的低物價。

第四，自然資源調和指標。它反映國民經濟成長及自然資源之間的調和程度。在實際的計算上可以參考資源的綜合利用率。綜合利用率高等於經濟成長及自然資源的調和度高。

第五，自然環境調和指標。它反映國民經濟成長及外界自然環境之間的調和程度。在實際的計算上以污穢物排出量的不合格率爲基礎，其數值越高，與外界自然環境之間的調和越低。

要實施新的評價指標，需要時間來檢討各種技術面上的問題，但看來無論用什麼形式，十年內都可以適用。這代表中國社會及經濟即將脫離量的成長，而眞正進入品質的成長階段，因此與中國做生意的企業及研究中國的人士，須在更多元且客觀的角度來評價中國。

注釋：

①「計量經濟」是指分析經濟資料的統計方法，強調解釋變數和應變數之間的因果關係。

②這種離開農村聚集於都市的現象應稱為「盲流」。

三、泛中華圈的登場

龐大的華商資本

本書中所稱的「華僑」或「華人」是指居住中國大陸地區以外的漢民族。嚴格地說，「華僑」是保持中國國籍，而「華人」是取得了居住國的國籍。不過現實上很難確認他們的國籍，而且擁有雙重國籍的人也相當多，因此通常將居住海外的漢民族都統稱爲華僑。而「華商」則是指從事企業活動的華僑或華人。

據推算，世界上的華僑約有六千萬人。台灣、香港、澳門等中華圈三大地區約有二千八百萬人，新加坡、泰國、馬來西亞等東南亞地區約有二千萬人，其他散布於美國、歐洲等地區。百分之八十以上的華僑集中居住於中國附近的東南亞地區。

自一九九〇年代以後，華商逐漸成爲世界關心的對象，他們之中蘊藏著驚人的經濟力量。據估計，華僑資本中的現金及債劵高達一兆五千億美元，而股份及資產也有五千億美元以上。在國際金融界，華僑商圈因有龐大的資金動員能力，而被評價爲繼美國、歐盟之後居第三位的經濟勢力。近年來中國推動自由貿易協定（Free Trade Agreement：FTA），與東南亞經濟圈締結經貿關係並投注了不少的心力，二千萬名華僑擁有該地區全體資本的百分之七十，以及域內交易的三分之二。在泰國，華僑佔全國人口的比重僅有百分之三，但百分之八十以上的經濟卻由華僑掌控，此外印尼及菲律賓的情形也大同小異。

華商的重心（經濟力量）在台灣及香港。根據香港《亞洲周刊》每年發表的世界五百大華商企業排名，香港最大財閥李嘉誠的「和記黃埔」自一九九七年以來一直穩居第一名。另外亦屬於李嘉誠集團的「長江實業」及香港的不動產財閥新鴻基集團輪流搶佔第二和第三名，而台灣的國泰人壽、聯華電子以及南亞塑膠等則在前十名以內。二〇〇四年五百大華商企業依國家及地區別分布，台灣有二百二十三家最多，香港有一百三十七家，新加坡有六十三家，馬來西亞有四十六家，菲律賓有十三家，泰國有十一家，印尼有七家等。

華商不受國界限制而擴張事業領域，與中國的連鎖關係顯得更緊密。中國的對外貿易約百分之二十五的輸出和輸入都在東南亞七個華僑圈進行。藉中國進行國際仲介貿易的香港也承擔中國對外貿易總額的百分之二十五左右，它將第三國的產製品輸入中國，也將中國的產製品輸出第三國。

華商進入中國，投資方面比貿易更活躍。由於投資於中國的外商資本中推算起來百分之七十以上都是華僑資本，因此華商企業不僅僅是中國經濟成長的肥料，也可說是決定性的帶動因素。以華商企業的代表香港李嘉誠集團爲例，投資上海等地的港口設備而擔當起全中國百分之二十五的貨櫃物資流量。以前集中進入廣東省華南經濟圈的其他香港企業，也積極進入以上海爲核心的華東經濟圈。而與中國大陸有政治障礙因素的台灣，也自一九九〇年十一月政府開放對中國的間接投資以來，已經投資於中國多達一、二千億美元。中國五大經濟特區之一的福建省廈門外資工業區裡，百分之九十的公司是台灣企業。

到目前爲止，華商進入中國大陸的公司大都以製造業爲主。但自從中國加入WTO而擴大開放以來，華商也逐漸積極進入服務業的領域。

沒有國界，以網絡運作

被稱爲「東方猶太人」的華僑，具有以華商爲中心而網絡化的特徵，優於其他大部分單獨、個別的組織。華商網絡大致分爲內部型網絡、集結型網絡、共存型網絡、準公式化網絡等。

・內部型網絡

內部型網絡是指華商以血緣、地緣、業緣（同一業種）、神緣（同一宗教）、物緣（同一商品）等所謂內部型「五緣」爲基礎。實際上擁有世界級規模網絡的華商組織，僅以名稱即可確認這樣的事實。世界級規模華商網絡有：世界華商大會、世界華人大會、國際潮團聯誼大會、世界儒商大會、世界莊嚴宗親懇親大會、世界舜裔宗親聯誼會、歐洲華僑華人大會、世界浙江旅外鄉賢大會、世界客屬祭祖大典、世界台山鄉親懇親大會、世界海南鄉團聯誼大會、世界張氏懇親大會等，有二十個以上。

・集結型網絡

華商網絡以多種小規模華商組織聚集而形成更大團體（協會），再以這些團體聚集而發展爲國際型網絡。譬如，由李嘉誠擔任核心角色的國際潮團聯誼大會，是以多達一百五十多家的小規模潮州關聯團體構成。

・共存型網絡

華商團體以業緣、物緣等從事同一業種的情形較多，合作比競爭來得重要，在同一業種內不侵犯彼此的固有領域而摸索共存之道。一九九七年香港歸屬中國大陸之前，香港的華商資本中相當部分因擔憂香港急速中國化，而大舉流往加拿大、溫哥華等地，但後來這些資本又陸陸續續回到香港，這是因爲無論任何地區，華商之間不會互相排斥才有可能發生的事。

・準公式化網絡

以五緣爲基礎的內部型網絡原本大都是非公式型功能的華商組織，到了一九九一年新加坡召開第一屆世界華商大會之後，逐漸進入準公式化。尤其在一九九九年澳洲墨爾本舉辦的第五屆世界華商大會時，中國大陸派遣了大規模代表團，二〇〇一年第六屆大會在南京舉辦，中國更加積極進行全球華商勢力的集結。

以華商資本掌握世界市場

將華商網絡利用於經濟發展的中國戰略，在二〇〇一年九月南京舉辦的第六屆世界華商大會中明顯表露出來。中國政府爲了全球七十七國四千八百名華商參加四天的大會，投入了一百億元人民幣（十二億美元）以上的資金。雖然由非官方團體——全國設有二千九百二十五個地方組織且多達一百一十八萬名會員的中華全國工商業聯合會主辦，不過當時的總理朱鎔基和政治協商會議主席李瑞環等國家最高指導階層人士均積極參與大會。

中國的華僑和華商網絡運用戰略是雙向的，除了繼續留置華僑資本以便有助於經濟開發外，同時在中國企業的海外發展上，也將華僑企業當做槓桿來運用。尤其在香港地區及東協（Association of Southeast Asian Nations：ASEAN）會員國更加凸顯其重要性。根據香港統計局的資料，香港的中國企業約有二千家，資產總額超過二千二百億美元，它們大多跳脫單純的駐海外法人形態，而在香港股市上市，這是爲了有利於香港的資金籌措。雖然中國自二〇〇一年加入WTO時，預估香港的角色在短期內會萎縮，但以後還是會在相當期間內扮演華商網絡核心軸的角色。

根據中國的看法，東協會員國不僅是中國國內大型製造業界擁有國際競爭力的有力海外投資對象，而且在資源合作方面也是很重要的夥伴（例如共同開發印尼天然氣田）。中國在推動與外國的「自由貿易協定」時，與東協會員國的合作比韓、中、日三國間的交涉來得重視，也是爲了這個原因。

如果說目前的結構是由華僑和華商網絡支援中國經濟建設來獲得實利，那麼未來將是由中國扮演監護人的角色，以便往泛中華圈（Greater China）經濟一體化的方向發展。這也預告了由中國主導新秩序的「Pax Sinica」（中國霸權和平）時代即將來臨。

在「中國霸權和平」時代，跨過中國及華僑圈國家經濟一體化的階段，很可能在政治上也發出同一種聲音，逐漸形成實際上的中華大聯合國，使得韓國在國際上的地位可能比目前大幅萎縮。

在這樣的時刻，二〇〇五年第八屆世界華商大會於韓國首爾召開，是相當有意義的。世界華商大會初創時期，以鞏固華商之間交流的性質居多，但逐漸轉變為由主辦國宣傳該國的投資環境以便留置華僑資本，並讓各華商之間交換事業資訊。韓國也應該藉此華商大會的機會，恢復過去原本稍微疏遠的關係，以便積極設法留置華僑資本，同時進一步連繫他們洽詢共同進入中國市場的可能性。舉個例子，韓國企業可以將香港當作與華僑網絡合作的據點。

一九九七年香港歸還中國之後，韓國企業僅是熱衷於直接進入中國大陸，而疏忽了可以運用香港的方案。將來以香港為據點，而與在中國大陸設有製造業及流通業基地的香港華僑企業聯手，或者也可以和香港的創業投資（venture capital）公司合作。

四、「走出去」的中國式全球經營

中國成語「兼籌並顧」形容一個人做事謹慎細心，各方面都照顧得很好，也可以用來形容中國未來十年間的變化。因為中國不僅擅長於引進外資，而且在海外投資方面也嶄露頭角。

還會增加多少外商投資企業

到二〇〇四年末為止，中國留置的外商投資企業有五十萬八千九百四十一家，與四年前的二〇〇〇年相比增加了十四萬一千四百四十八家。每年平均有三萬五千家外國企業進駐中國，二〇〇四年時增加為四萬三千六百六十四家。

外商的直接投資存量（investment stock），二〇〇四年末為止累積的契約金額高達一兆一千億美元，其中五千六百二十一億美元已經進入中國。僅二〇〇四年一年，以契約標準便留置了一千五百三十五億美元，比同期韓國的外商直接投資存量金額（一百二十八億美元）多十二倍。

將來中國的外國企業留置業績可能出現更戲劇性的變化。假如持續目前的趨勢，那麼未來十年間外國企業數量會新增五十萬家，到了二〇一四年爲止約有一百萬家外國企業會進入中國，以契約標準平均每家投資金額二億美元以上。

也許這樣的預測會有反對的意見，因爲有人認爲如今世界上幾乎所有國家都提出有利條件來爭取引進外資，中國不可能輕鬆坐享外資投入。另一方面還要注意，近年來中國一些大城市的人力成本上升率每年都高達兩位數，生產成本也跟著天天暴漲。儘管如此，對於未來中國將成爲外資「吸鈔機」的預測，仍然具有很多有力的證據。

第一，從地域條件上來說，外國企業能追加進入的地區幾乎無限寬廣。到目前爲止進入中國的五十萬餘家外國企業，均集中於東部沿海地區，而進入未開發內陸地區的案例極少。將來如果內陸地區的經濟成長受到激勵，不僅即將進入的外國企業會前往內陸地區投資，已經進駐的企業也會爲了攻佔內需市場而擴大投資。依據二〇〇三年中國數一數二的民意調查機構零點研究集團（Horizon Research Group），以上海及北京地區資產規模五千萬元人民幣以上的四百七十八家企業爲對象實施的問卷調查，約百分之七十的企業有計畫在往後三年內重新投資於中國大陸。

第二，在投資業種中仍有很多外國企業的活動空間。現在所有外商直接投資的百分之七十左右都集中於製造業，但如果第三梯次產業追加開放的話，在流通、運輸、通訊、廣告、文化等多樣服務業方面，外商的直接投資將如雨後春筍。除了既有的製造業投資之外，又增加了服務業投資，而使得外商投資更活躍起來。

第三，中國的彈性政策運用將成爲繼續吸引外國企業投資的因素。WTO的基本原則中有「國民待遇」（national treatment）條款明白表示，不可以只保護本國企業而歧視外國企業。不過如果爲了留置外國資本，只給外國企業優惠，而不管本國企業的話，也會引起對本國企業「逆向歧視」的爭論。目前中國仍有這兩種混淆不清的情形，雖然在營業許可範圍內保護本國企業，但各種稅制優惠則以外國企業優先。中國雖然已經成爲WTO會員國，但是未來可能並不急著消除這種歧視與逆向歧視的因素，反而會以適切衡量兩者來當作有效留置外資的手段。當初預估早就應該開始實施對本國企業及外國企業的稅率單一化措施，但加入WTO已過三年仍不見實施，就是其代表性實例。假如對留置外資有幫助，中國也許寧可承受本國企業反對逆向歧視的抗議。

外商投資企業在中國的稅收及就業人口分攤率，已經達到百分之二十至三十，尤其輸出業績方面佔全中國的百分之六十，逐漸成爲絕對的經濟實體。展望往後他們仍然會與中國本土企業一同掛上「Made in China」品牌，而挺身成爲中國進攻海外市場的輸出生力軍，因而外國企業對中國經濟的貢獻度將更往上升。

在裡面賺，在外面也賺

中國人將外商的直接投資稱爲「引進來」，而將本國企業投資海外稱爲「走出去」。自一九七八年改革開放以來，支撐中國經濟並使其成長的決定性因素中，「引進來」——即外國企業進駐中國的貢獻最大。但未來十年的新潮流是「走出去」。不知不覺中一下子就壯大的中國企業，高喊著「全球經營」前往海外，逐漸形成跨國（multinational）或超國籍（transnational）經營的新軸心。

過去中國因爲自認力有未逮，而僅僅舉辦邀請外國選手（企業）參加的主場比賽，如今已有信心到世界舞台去而展開遠征賽。從在中國生產後賣給海外的「Made in China」階段，躍升到在海外生產後賣給駐地的「Made by China」階段。從競爭力的立場上來看，兩者有顯著的差別，因爲它代表到目前爲止一直以價格競爭力爲主要武器進入海外市場的中國企業，現在竟然逐漸具備滲透駐地內需市場的能力。從此韓國企業在海外市場將與中國企業展開更激烈的競爭。以後中國將同時發動「引進來」與「走出去」這兩部引擎，而且會逐漸把重心移到「走出去」上面。

中國一直到了二〇〇二年時才正式公布本國企業在海外直接投資的統計，可見他們進入海外的歷史多麼短。才不過幾年前，中國政府爲了防範濫用非法資本的逃避手段而盡量抑制海外投資。當時實施海外投資金額設限的配額制（quota），而且認可手續繁瑣又嚴格，但還是可以看到在下列三個方面產生變化。

第一，隨著具有國際競爭力的中國企業陸續出現，海外投資也逐漸成爲耕耘財富的新手段。有實力的企業除了中國本身的市場之外，理所當然在海外市場也越來越活躍。

第二，因爲輸出海外的中國產品在海外動不動就受到進口管制，因而使得海外直接投資的需求擴大。

第三，一年二千億美元以上如雪球般增加的外匯存底，使中國企業更有能力積極進行海外投資。

由此觀之，可以預測將來中國企業的海外投資會依照三種明顯特徵來進行。

第一，在投資動機上，國家利益優先於企業。先進國家的跨國企業以最大利潤爲基本投資目的，但是猜想中國將以長期發展或確保利潤的方向來進行海外投資。也就是說，國家的宏觀目標遠比企業本身的短期利潤更重要，是以發展爲重心的戰略型投資。

第二，仔細篩選投資對象地區來進行投資。像中國這種開發中國家進行海外投資，以目的地爲標準時有兩種選擇：選擇先進國家的「上行投資」，以及選擇經濟發展水準差不多或較落後國家的「下行投資」。「下行投資」對技術面和國際經驗不足的中國企業來說，由於在初期較容易進行，因此成爲具有相當魅力的方式，但它有缺點，就是越來越難獲得國際上的競爭力。相反的，「上行投資」雖然由於當時的國家競爭力不足，而在進行初期較多困難或很難期望短期內有較大利潤，但在長期發展上卻較有利，因此中國將逐漸重視上行投資。

第三，中國企業將優先考慮法規、市場規模、政治上的安定等宏觀因素，再考慮投資對象國的優惠政策等微觀因素，因此會優先考慮北美及西歐地區的投資，但爲了獲取資源而會注意南美及東南亞地區。實際上根據德國管理諮詢公司羅蘭貝格（Roland Berger）以五十家中國代表企業爲對象而進行的問卷調查，優先考慮北美及西歐地區的投資比率佔有最高的百分之十九．三及百分之十八．六，接下來依序是東南亞（百分之十四．三）、獨立國協（烏茲別克、哈薩克斯坦、烏克蘭等國，百分之八．一），韓國、日本（百分之八．一）、南美（百分之六．二）、澳洲、紐西蘭（百分之六．二）。由此看來，上述的趨勢會持續相當長的時間。

我們更應該注意的是，方法上的轉變比走出去的動機或對象地區來得重要，因爲中國企業已經開始以驚人的速度購買外國企業。

激增的海外購併，尋找獵物的中國企業

美國三大汽車零件製造商之一的芝加哥環球汽車工業公司（Universal Automotive Industries：UAI），二〇〇〇年以前作夢也沒想到，一家中國民營企業竟然會成爲他們的主人。韓國雙龍（Ssang Yong）汽車最初決定變賣時，也壓根兒沒猜到會賣給中國企業。但萬向集團在二〇〇一年時投資三十億美元，堂而皇之當上了UAI的主人，而上海汽車（Shanghai Automotive Industry Corporation：SAIC）則買下了雙龍汽車。

我們所認知的企業國際化發展階段，是先國內製造輸出，然後爲了節省費用，而逐漸把生產線轉移至海外，進行典型的直接投資。至於直接買下海外企業的「合併收購」（Mergers and Acquistions：M&A），一直是先進國家的專用手法，與開發中國家距離遙遠。但是中國自一九八〇年代起，爲了獲取資源而開始著手海外購併，由此已經累積了將近二十年的經驗。

據聯合國貿易暨發展會議（United Nations Conference on Trade and Development：UNCTAD）《二〇〇四年世界投資報告》，自一九八八年至二〇〇三年，中國的海外投資金額爲二百一十億七千七百萬美元，其中百分之二十八．七的六十億五千二百萬美元以合併收購方式

中國的海外直接投資額及跨國購併比率

年度	海外投資(1)	跨國購併(2)	(2)／(1)
1988～1996	1,987	260	13.1%
1997	2,563	799	31.2%
1998	2,634	1,276	48.4%
1999	1,775	101	5.7%
2000	916	470	51.3%
2001	6,884	452	6.6%
2002	2,518	1,047	41.6%
2003	1,800（推算）	1,647	91.5%
累計(1988～2003)	21,077	6,052	28.7%

單位：百萬美元

來源：《二〇〇四年世界投資報告》，聯合國貿易暨發展會議

進行。依年度別來看，合併收購比率參差不齊，以二〇〇三年度爲例，全部海外投資金額中高達百分之九十一．五都以購併方式完成，這是海外企業發展積極化的徵兆。

中國企業的海外購併未來將以人海戰術的氣勢而擴大，而且依據以下五種流向進行。

第一，購併規模會越來越大。中國自從一九九〇年代以來急速的經濟成長，以及外國資本如漲潮般進入的影響，到了二〇〇四年末的外匯存底高達六千零九十九億美元，僅次於日本成爲世界第二。民間儲蓄存款紀錄相當於當年GDP的十二兆元人民幣（約一兆四千五百二十八億美元）。中國的資金力越

強，越會使得更大型的外國企業進入購併名單。

第二，更多家中國企業會著手海外購併。中國已經有十一家企業進了美國《財富雜誌》全球五百大企業排行榜內，除此之外，還有很多家企業正在累積競爭力。以國家立場示範培育的一百二十家大型集團，以及多達一千家的國家重點企業，就是今後站上海外購併最前線的未來先鋒。

第三，中國企業將透過海外購併而同時推動技術學習和設備轉移。在學習先進技術和轉移設備時最有效率的運用方式就是購併，而且它也成爲將中國的中級技術和閑置設備轉移至開發中國家的媒介體。由於它與中國政府的目標（產業結構調整）密切聯繫而被積極推動。

第四，海外的知名品牌會成爲中國企業的集中攻略對象。中國野心勃勃地以二〇一五年之前有五十家中國企業進入全球五百大企業排行榜內爲目標，而爲了達成此一目標的戰略之一就是積極擁有一流品牌。因爲以資金力爲武器而直接購入知名品牌的方式，比獨自開發品牌來慢慢栽培還更有效率。

第五，連資金調動管道有限的民營企業也大舉挺身著手購併，因而會在中國形成新的潮流。

威脅韓國市場的中國「走出去」戰略

如果中國的「走出去」戰略成功，十年以後，中國將會變成一個完全不同於我們目前所認識的中國。之前我們因爲中國的變化而驚訝地稱之爲「中國衝擊」（China Shock），但今後也不能排除會發生完全進入中國影響圈內的「深度撞擊」（deep impact）。如果說，很多韓國企業轉移至中國，使得韓國國內產業空洞化及嚴重就業困難就是目前的「中國衝擊」，那麼韓國企業離開後的空位，由中國企業來塡補的狀況即爲「深度撞擊」。

最近中國的招牌級家電業者，以與韓國流通業簽訂產品供給契約爲起點，進一步打進韓國國內流通市場。雖然到目前爲止，中國產品都是便宜貨的印象較強，因此其衝擊不大，但如果中國購併接管韓國國內的家電業，積極攻佔市場，其情形將變得完全不同。還沒有進入中國的韓國中堅家電業，未來成爲中國家電業購併對象的可能性頗高。如果眞是這樣，韓國本土的品牌在一夕之間變成中國產品，就算貼上韓文商標，也難免除了韓國市場以外，連海外市場所得到的販賣利潤都白白交給了中國。

面對中國「走出去」的韓國企業，在煩惱國內防禦策略之前，有需要先摸索與中國企業合作的可能性。雖然說「韓國主力產業及核心技術寧可轉移其他國家，也絕不允許轉移至中國」，但是中國的變化實在太快，而且以現在的立場也沒有確實有效阻擋的方法。趁中國企業更加壯大之前，必須緊急著手設定與他們的策略性關係。擁有技術和品牌知名度的企業，不要爲了留置外資而貿然變賣，不妨優先考慮一下與中國企業合作的可能性。假如與中國企業締結合作關係，除了因而能夠防禦國內市場之外，在進入中國市場時也會造成有利的環境。

五、中國企業即將改變其版圖

國營企業會消失

中國政府自一九九八年起，狠心用利刃對過去被認定爲中國經濟象徵的國營企業開刀，其原因很簡單，除了少數結實企業之外，其他大部分因低生產性而不斷累積赤字，在國家及地方政府的財政上形成了極大負擔。由於市場開放的擴大，與外國企業之間的競爭越來越尖銳化，使得長期赤字的國營企業逐漸無法再扮演自己原來的角色。依據專門管理國營企業的國有資產監督管理委員會（國資委）的資料，國營企業在GDP上所佔的比重，一九八〇年代初逼近百分之百，但到了二〇〇〇年時突降爲百分之三十。儘管如此，對國營企業的改革作業，不是一個僅有方針就可輕易著手的問題。在整頓過程中，不可避免將造成大量失業，而且搞不好連帶原本貸款的國營商業銀行也跟著不穩，一不小心可能會碰觸到雷管。前總理朱鎔基自一九九八年起挺身推動國營企業改革時便說了一句話：「準備一下我的棺材。」由此可知，要碰觸國營企業是多麼艱難又危險的事情。當時朱總理公開宣布說未來五年內要完成國營企業改革，可惜尚未完成便下台了。

但是自從以國家主席胡錦濤和總理溫家寶爲首的第四代接班人主政後，政府的態度開始強硬起來，一再表明：「將會斷然切除不必要的部分。」依據中國國營的新華社報導，光二〇〇四年一個年度內，各地方都市的處長級以上黨政幹部有八千餘名要辭去兼任的國營企業代表職。

在最前線指揮改革工作的國資委主任李榮融，擁有行使國營企業相關的人事、業務、資產管理等莫大權力。國營企業界之間有這樣的說法：「他是比總理還可怕的長官。」實際上，二〇〇四年李榮融訪問廣東省深圳三九集團時，突然將趙新總裁兼集團黨書記解職，然後任命中國通用技術集團的孫曉民副總經理接任。三九集團原本是以堅固的軍方爲靠山的企業，因此一般認爲是連政府都不可能輕易碰觸的對象，當時的舉動令人十分意外。

除了這些以外，李榮融還換掉很多國營企業的負責人。比如在長城集團幹部會議中以高齡爲由將董事長王之解任；中國石油（China Petroleum）的董事長也換了新人。王之是曾與毛澤東一起參加共產革命的黨內元老王震的兒子，而且也是中信集團的董事長王軍的親弟弟，被歸類爲所謂的太子黨，因此一直被評價爲不容小覷的人物。

國資委正在推動一個計畫，預計在二〇〇八年之前，將十萬家經營業績不振的國營企業賣給民營企業或外國企業。此外，還表明一個方針，將國家單位集中支援的一百九十六家核心國營企業加以統廢合之後，再篩選約五十家以培育出世界級的跨國企業。

近年來，國營企業界憂心忡忡於國資委會隨時斷然進行激烈的組織改制。不過，國資委的改革過程中不會只動用手術刀。前總理朱鎔基主導的改革著重民營化及裁員等外在結構，但李榮融則同時推動年薪制及引進認股選擇權制等，加速內部的改革。依照招聘有能力的人才擔任國營企業的高位管理職方針，而開放外國人也可以應徵。

未來十年後，除了直接負責國家基礎產業的少數國營企業，以及相當於韓國公社、地方公社的最低限度政府投資和援助機構以外，其他目前的國營企業系統事實上都會解體。具備一定規模以上的十七萬家國營企業中，到二〇〇八年前約百分之六十的十萬家都打算要賣掉，僅看他們宣示的此一方針，就能夠想像改革暴風的威力。

民營企業由第二代經營體制取代

開始改革開放的一九七〇年代末登場的第一代民營企業創辦人，在以前中國沒有人嘗試過的領域裡，經歷著千辛萬苦之後累積了財富，如今他們的年齡已邁入了六十歲關卡，不得不考慮該從第一線退下來。

未來十年間，中國可能首次出現民營企業的快速世代交替。有些企業已經進入第二代經營體制。已立足美國的汽車零件製造業「萬向集團」，雖然由創辦人魯冠球帶領董事會，但他的兒子魯偉鼎（三十四歲）已是坐上老闆位子的總裁。魯冠球董事長被評論為「帶動中國的人」，曾是《新聞週刊》（*Newsweek*）的封面人物，極具影響力。紅豆集團創辦人的兒子周海江（三十八歲）擔任副董事長，在該集團內排名第二。民生銀行創辦人劉永好的女兒劉暢二十五歲時便已排列於股東名單中。據了解如上述例子般已踏入經營前線的第二代，大約有二十多名。

可是經營權的傳承並非都是平坦大道。依財經界的看法，第二代經營者還沒有獲得創辦人絕對的信任，因為創辦人仍然擔憂繼承人未經檢驗的能力。假設創辦人不放心第二代的經營體制，就必須招聘專業經營者，但這不是一件容易的事。其實在中國還沒有形成眞正的專業經營人階層，而在公司繼承權上也還沒有明確的法律規範，但託給毫無血緣關係的人經營總覺得不放心。

在這樣的情況下發生了一件令人注目的事。參加「二〇〇四浙江省民營企業CEO圓桌會議」的正泰集團南存輝董事長提出了奇妙的想法：

「正泰集團的股東共有一百多名，其中九名為公司幹部。建議幹部的子女完成學業後不

主要民營企業的第二代經營人

第二代經營人	年齡	企業名稱	現任職位	創辦人（父）
韓國賀	31	盼盼集團	副總經理	韓召善
李兆會	24	海鑫集團	董事長	李海倉
梁昭賢	40	格蘭仕	總經理	梁慶德
劉暢	25	民生銀行	股東	劉永好
劉乃暢	30	長春實業	董事長	劉思謙
樓明	32	廣廈集團	總裁	樓忠福
魯偉鼎	34	萬向集團	總裁	魯冠球
茅忠群	36	方太集團	總經理	茅理翔
潘建清	42	天通集團	總經理	潘廣通
吳捷	38	中寶集團	董事長	吳良定
吳思偉	35	三株集團	董事長	吳炳新
徐冠巨	44	傳化集團	董事長	徐傳化
徐永安	40	橫店集團	總裁	徐文榮
尹喜地	34	力帆集團	董事長	尹明善
趙濤	39	步長集團	總裁	趙步長
左穎	22	宗申船舶	大股東	左宗申

來源：中國媒體綜合報導

要立即進入正泰集團，先讓他們到別的職場工作並觀察一陣子。如果發現其中有可用之才，就透過董事會招聘，如果不是塊料子，就由股東大會成立『敗家子』基金會來幫助他們。」

敗家子的另一種說法就是：「揮霍家產的不孝子。」如果是揮霍家產的子女，就沒辦法讓他進入經營界，但至少成立基金會來照顧他們的生活，這就是南董事長的想法。他本身自一九七八年以修理皮鞋而開始事業，後來擠進了中國五十大富豪排行榜，是一個白手起家成功的例子。從他身上可以感受到就算親生子女也不能白白繼承企業的企業家精神。

民營企業的繼承經營，在外國是常見的事，但在中國卻是首次的嘗試摸索。第二代經營人不同於創辦人世代，由於接受足夠的教育，而被評論爲學歷高、思考有創意，但另一方面也被批評爲企業家精神不足。未來他們無論以任何形式，都會對中國經濟的大潮流產生不少影響。

活躍的人才移動，邁向能力社會的中國

近年來在中國辭去公職而轉任民間企業的高層公務員已排成一條長龍，稱之爲「下海風，比喻辭去公職而轉向保障高薪及工作環境穩定新職場的現象。

江蘇省東台市市長王小平最近辭去公職，受聘擔任鹽城市的永林油脂化工總經理。這家

轉任民營企業的地方政府高層公務員

姓名	原任職務	現任職務
王小平	江蘇省東台市長	永林油脂化工總經理
吳敏一	浙江省溫州副市長	紅蜻蜓集團董事長
林培雲	浙江省溫州副市長	民營兒童用品企業管理
王運正	浙江省溫州副秘書長	民營企業管理
吳正虎	杭州市衛生局副局長	紹興市民營醫院院長
王文進	海南省環海副市長	海南體育綜合基地董事長
劉知行	佛山市順德區副區長	美的集團副總裁
姜崇洲	廣州市環境保護局長	富力地產集團副董事長

來源：中國媒體綜合報導

一九九九年設立的公司，是江蘇省第一家民營高科技企業，位居中國植物性油脂業界第一名。

佛山市順德區副區長劉知行也搖身一變，成爲知名家電公司美的集團副總裁。聘用韓國女明星全智賢爲廣告模特兒的美的集團，自一九八〇年代以後，每年營業成長率高達百分之五十至六十，前陣子發生SARS時還大方捐獻了一千萬人民幣，是很不錯的優良企業。

原杭州衛生局局長受聘爲醫院院長，還有人辭官轉向不動產公司任職，在溫州市甚至有兩位副市長相繼辭官。令人很好奇，民營企業聚集的浙江省、江蘇省、廣東省，將來還有多少公職人員會轉任民營企業。

情形到了此一地步，中央政府不得不成立推動小組以便擬訂對策。因爲即使朝向「小政府」發展，但總不能坐視不管高層公職人才急速流失的現實，有些人還擔憂公職人員在職期間利用特權謀取不當利益。雖然有明文規定，辭掉公職的公務員三年內不得從事與在職期間有關的營利活動，但是沒辦法確信所有人都會遵守這樣的規定。

另一方面也有正好相反的現象，企業人士被閃電式提拔為政府高層官員。中國海洋石油總公司總經理衛留成轉任海南省副書記，成為省內權力排名第二的人士。官營中央電視台選定他為二〇〇一年度經濟人物，還被提名為中國共產黨中央委員會後補委員。中國石油化學總公司李毅中總經理也被提拔為國資委副主任。

企業出身的公職人士中，最受注目的顯然是二〇〇三年三十五歲的陸昊當選為北京市副市長。北京大學經濟學碩士的陸副市長，年紀輕輕卻擁有輝煌的經歷。文化大革命一結束，就當選為北京大學學生會主席，中國數一數二的經營學者厲以寧就是他讀研究所時的指導教授。到了二十九歲時就擔任中關村「中國矽谷」科學技術區管理委員會副主任。二〇〇二年轉任中國三峽總公司總經理助理，然後還沒到不惑之年就當上了北京副市長。中國觀察家認為他理論與實踐兼具，並預測他將成為下一代國家領導級人物。

公務員轉進民營企業的風潮及企業人士出任公職，並不是中國獨有的現象。不過令人格外注意的是中國近年所颳起的「風潮」，其原因在於中國的積極改革開放已超越了成長階段，如今終於開始呈現出體制與系統的柔軟性。

然而互相替換崗位的人才適應與能力發揮的結果，仍有待時間來觀察才能評論，但有一點確定的是，目前中國正急速走向能力社會。重視能力的社會，在各領域間人力移動會進行得更有彈性，國家競爭力因此變得更強而有力。近年來在韓國也常常目睹「企業CEO擔任政府內閣成員，高層官員轉到企業現場發揮能力」的例子。即使如此，到目前爲止仍然受排他性組織文化環境的限制，中下層間的人力移動並不那麼順暢。排他性組織文化是將來國家及企業界必定要解決的課題。

六、中國內需市場的爭奪戰使世界經濟沸騰

投入變化與競爭的大混戰

肯德基（KFC）自一九八七年進入中國後，十七年間已開設一千二百家分店，宣稱二〇〇五年一年內要增加三百家分店。美商通用汽車集團（General Motors：GM）自二〇〇五年起三年間注入三十億美元，將中國國內生產量擴大二倍，並計畫推出二十種新車款。英商建材專門連鎖店B&Q特力屋二〇〇四年時在中國共經營十八家賣場，預計在二〇〇八年時增加到八十家。

形容中國市場的用語中最代表性的就是「無限的潛力」。數一數二的世界級企業爭先恐後地爲了擴展據點而進入中國，雖然都是眼前情況還不理想，但有期望未來市場會擴大。肯德基觀察預測中國人外食文化會急速成長，GM與B&Q也各自瞄準自用車時代的到來以及建

築熱。任何進軍中國的企業都會注意中國市場的潛力。未來的中國市場一定變得更龐大。

但是所有企業都看準市場的潛力而蜂擁進入中國，因而形成激烈競爭，使得市場陷入連預測眼前都很困難的大混戰狀況。中國市場的密碼從「潛力」逐漸轉移至「變化及競爭」。這時能夠早一步讀取變化並適切應對的企業便會成功，如果僅是埋首投資有潛力的企業，可能有一天會赫然發現市場突然消失了，這樣的變化眞的已經開始出現。

瑞典的代表企業易利信（Ericsson），其技術符合它一百三十年的企業歷史，被公認爲世界最佳水準。目前它與新力（Sony）攜手而在中國市場創下佳績，但前一陣子曾面臨幾乎被淘汰的危機。一九九七年易利信在中國成功掌握歐洲型全球行動通訊系統（Global System for Mobile Communications：GSM）終端機市場，而逐漸成爲行動電話業界的強者。當時易利信的市場佔有率達到百分之三十七，對在一九九〇年代中期爲止一直獨佔市場的摩托羅拉（Motorola）形成威脅。但是只不過一年後的一九九八年末時，易利信的市場佔有率降低爲百分之二十五，繼而如掉入無底洞似地降至百分之十（一九九九年），再降爲百分之五（二〇〇〇年）。易利信的消費者一個接一個消失不見了。這種情形不但在中國，而且在全世界上演前所未有的暴跌情勢。忽視市場變化而陷入技術優先主義反而成爲其禍根。易利信的例子在第三章會再詳加探討。

以某些業種爲例，不只一兩家企業，似乎整個企業界都產生動搖，顯現出戲劇性變化，其代表性例子就是近年來迅速成爲黃金市場的果汁飲料市場。

在原本愛喝茶的中國，實際上形成果汁飲料市場的歷史相當短，企業界將二〇〇一年視爲此一市場的元年。當然二〇〇〇年以前並不是沒有果汁飲料市場，曾相繼推出了「露露」、「椰樹」、「椰風」等中國本土品牌。即使如此，消費者仍舊愛用傳統茶，加上企業生產能力不足，只限流通於部分地區，幾乎沒有什麼全國性銷售產品。

然而二〇〇一年三月時竟然發生令人不可思議的事。台灣企業「統一」飲料公司推出了柳橙汁「鮮橙多」，此後十個月之間創下十億元人民幣的銷售業績，幾乎完全獨佔市場。可惜只不過一年後的二〇〇二年，其版圖完全改變了。因爲受到統一飲料成功刺激的其他食品公司陸續投進市場，如「可口可樂」以及台灣企業綜合食品公司的「康師傅」、中國本土的「匯源」等相繼跳出來挑戰統一的龍頭地位。

目前果汁飲料市場除了之前已經上市的產品以外，還有其他新舊食品公司不斷進軍市場，因而呈現激烈的競爭。它們的競爭到底有多激烈，看二〇〇四年第一季在上海銷售量最多的排行榜前十名的產品即可明白。一月排名第一的「康師傅」產品，到了二月與三月連續走下坡；而最早席捲市場的統一飲料，不但沒有奪得榜首，甚至很有可能被擠出排行榜。相反的原本位居中後段名次的中國本土品牌，在短短一至二個月期間展開猛烈突擊攻佔第一、二名。果汁飲料市場形成全國性規模市場才沒有多久，便展開如此的大混戰，明顯告訴我

上海果汁飲料市場前十名品牌

排名	一月	二月	三月
1	康師傅鮮的每日C	味全	匯源
2	統一	康師傅鮮的每日C	牽手
3	味全	匯源	康師傅鮮的每日C
4	都樂（Dole）	大湖	華邦
5	匯源	康師傅	娃哈哈
6	華晶	統一	農夫果園
7	康師傅	農夫果園	華旗
8	農夫果園	都樂（Dole）	大湖
9	大湖	華晶	統一
10	華邦	牽手	大亨

註：排名依每月銷售額爲準
來源：《*SP EXPRESS*》

們，將來中國市場該往哪個方向走。

二○○一年加入WTO後經過初期三年的過渡期，未來更多種業界混戰的情形可能會日益明顯。而且越是新浮現的業種、競爭者越多的業種以及利潤幅度越大的業種，其變化也會越激烈。

如今幾乎沒有一個企業把中國當做單純的生產基地，越來越多的企業以敏捷的速度挺身進攻其內需市場。不過市場的變化速度比想像中更快，假如過度慎重其事而深思熟慮，可能連嘗試的機會都稍縱即逝。到時候也許有一天會赫然發現市場上很多企業突然消失了。

掌握市場的外國企業、牽制的中國政府

中國爲了保護本國產業而維持高進口關稅，並要求外國企業擴大直接投資中國的製造業。意思就是盡量抑制直接輸入，如果外國企業投資並提供技術，才會爲他們開放市場。中國的策略是：雖然爲了經濟發展，外國企業的角色不可或缺，但總不能一開始就馬上提供市場。此一策略實際上獲得了極大成果，外商投資企業目前在中國全體對外貿易業績中承擔了百分之五十以上，而且在失業問題嚴重的中國吸收了全部就業人口的百分之二十至三十。

但是，加入WTO後三年多，市場景況逐漸與當初的預估產生落差。根據中國商務部發表的〈二〇〇四年中國跨國企業報告〉，就很明顯看出其問題的嚴重性。進入中國的跨國企業並不提供技術，但從中國賺取的收入中大部分都調往海外。依據中國國家統計局資料，一九九二年以前中國平均國民總收入（Gross National Income：GNI）與國內生產毛額（GDP）相近，但自從外商投資大幅增加的一九九三年至二〇〇三年止，GNI越來越比GDP少。中國政府認爲，每年約有一千億元人民幣以上都變成外國人的財產。

中國更擔憂的一點是，開放市場時間並沒有多久，但龐大的跨國企業以部分品目爲中心而席捲市場的情況越來越明顯。根據國家工商局的資料，微軟（Microsoft）的中國國內員工

人數約有一千名，但在中國販賣的幾乎所有PC裡都內裝微軟的軟體，它的市場佔有率爲百分之九十五，可說是唯我獨尊。柯達（Kodak）陸續接管汕頭、廈門及無錫等地的中國企業，結果感光材料市場佔有率已超過百分之五十。如果再加上日本富士（Fuji）軟片的市場佔有率百分之二十五，可說是由兩家外國企業完全掌握了市場。

不僅如此，米其林（Michelin）輪胎與奧迪（Audi）、福斯（Volkwagen）、通用（GM）、日產（Nissan）等知名的汽車公司交易，因而輻射層輪胎（radial tire）的市場佔有率達到百分之七十。IBM在英特爾架構（IA：Intel Architecture）伺服器及筆記型電腦市場各自保持百分之二十的佔有率。網路企業思科系統（Cisco Systems）進入金融、教育、稅務、電信等幾乎中國所有的重要民生產業，年銷售額十億美元，超過百分之六十的佔有率，而且以中國電信（China telecom.）、中國移動（China Mobile）、中國網通（China network）、中國聯通（China United Telecom.）等中國四大通信公司爲顧客。Sony則擁有包括一般相機及數位相機的整個相機市場百分之二十的佔有率。雖然近年來飲料市場急速成長，但中國企業界因競爭激烈而使利潤幅度逐漸減少，但是生產無菌包裝容器供給飲料業界的瑞典利樂包公司（Tetra Pak），擁有百分之八十五的市場佔有率，因而受到中國政府的關切。

在這樣的情況下，中國商務部似乎恨不得〈反壟斷法〉馬上定案，立即實施。中國雖然強調說〈反壟斷法〉絕不是瞄準特定企業的措施，但沒有一個人認爲中國企業會成爲管制的對象。

實施〈反壟斷法〉是一種對外國企業的警告，顯示中國市場的環境在徹頭徹尾改變的信號彈。既然中國內需市場已進入實際上全面開放的狀態，現在外國企業不再是「老朋友」，而被當成頭號的競爭對象。如果是一起賺錢就可以成爲朋友，但如果外國企業只顧著自己賺回去，就會被當成敵人而很難逃過〈反壟斷法〉的管制。

站在外國企業的立場，可以有兩種對策：

第一，仔細觀察歐盟的經驗及實際例子。雖然中國大陸的〈反傾銷條例〉比以前的〈反不正當競爭法〉更加強化，但仍是參考歐盟的〈競爭法〉而訂定。

第二，可以運用企業善盡社會責任的迂迴方法。中國自從加入WTO之後，將會更加速開放市場，但也會更強化各種行政規定，尤其對獨佔市場的外國企業強化管制，並且將以前原本默許的部分都明令禁止，而且非常有可能會產生新的規定。儘管如此，以企業立場來說，總不能在市場佔有率上設限，因此佔有市場的代價就是爲中國提供某些東西。中國很有可能要求企業參與公益事業或慈善事業。以進入中國的韓國企業來說，到目前爲止都忽略了這些，以後應該要考慮到相關的額外費用。

由敵軍轉變為友軍，逐漸增多的戰略型攜手合作

如果說急速擴大市場佔有率的企業從友軍變爲敵軍，那麼超越國籍的企業間合縱連橫式戰略型合作就是由敵軍轉變成友軍。越有魅力的業種，以及越會成長的市場，由敵軍轉變成友軍的例子越明顯，它將會成爲未來中國市場的新趨勢。下面就來看一看兩個明顯的例子。

在行動電話業界，德國西門子（Simens）和中國的波導（Bird）爲超越國籍戰略型合作的代表例子。西門子在中國市場的佔有率約爲百分之五，大部分以行銷大都市爲主。但是大都市的手機普及率已經超過百分之九十，從潛力方面來說，中小都市和鄰近農村地區逐漸成爲可展望的市場。波導在全國有多達三萬多家店的銷售網，對西門子來說是魅力十足的因素，可以藉此利用波導的銷售網進攻農村地區市場。

波導在二〇〇〇年時銷售業績只不過六十七萬台，但二〇〇三年時已多達一千一百七十五萬台，創下十七倍以上的超高速成長。不過波導也有憂慮的一面。由於生產量中約有一半都仰賴出口，所以二〇〇四年第一季時因輸出不振而使營業額降低了百分之二十。必須攻進國內都市地區市場才能保障將來的成長，然而初步判斷如果缺乏更專業的企業管理、技術以及提高對品牌的認知度就很難成長，於是決定與這方面比較優勢的西門子攜手合作。

西門子與波導戰略型合作的第一階段，先在波導的八千多家店優先銷售西門子手機，接著協議將共同銷售的店鋪數量增加爲一萬六千家，兩公司並在上海共同設立教育培訓中心，以銷售員爲對象實施技術及行銷教育。

至於日本與台灣企業也有類似的例子，原本互相競爭的兩家外國企業，藉著合作而共同進軍中國市場。二〇〇四年一月日本的伊藤忠商社與朝日（Asahi）啤酒，與台灣頂新集團中國駐大陸法人合資，並宣布進軍中國機能性飲料市場而風風光光地登上了國際經濟新聞版面。當時日本媒體《日經BP》（*NikkeiBusiness Publications*）相當關切地說：「日本資本和台灣資本的結合，會不會成爲成功範例？」因爲伊藤忠商社與朝日啤酒是日本代表性品牌之一，而台灣的頂新集團則是在中國泡麵市場佔有率最大的康師傅的母企業，所以這個大新聞足夠吸引日本以及全球的關心。

在此之前，二〇〇三年時日產汽車藉著與中國東風集團合資而重新進軍中國市場。這時台灣發行的《遠見》雜誌，針對也參與合資的台灣裕隆公司的角色加以分析報導：「從以往的代工（OEM）到如今的創業伙伴，台日企業的合作關係發生大逆轉。」

日本企業與台灣企業之間的擴大合作趨勢，在日本交流協會的統計表上清楚顯示。兩國企業之間的中國國內合作投資件數，自二〇〇〇年至二〇〇二年止共有六十三件；僅在二〇〇三年上半期便新增加了十七件。據了解，二〇〇四年第二季以後完成的日本企業全體投資

日本－台灣企業間戰略型合作實例

合作時期	合作夥伴	內容
1990年	佳能，投資於珠海，後來與亞洲光學合資並設立聯合光學	到現在合作投資總共1億7000萬
1992年	台灣松下(Matsusita)，在廈門設立廈門建松	廈門建松、接手兩家中國工廠
1994年8月	豐田(Honda)工業與台灣六和機械第一次合作	合作投資於崑山3000萬美元
2003年	東風－日產汽車全面合作	台灣裕隆公司參與創業伙伴
2003年12月	豐田工業與台灣六和機械第二次合作	追加投資於崑山100萬美元，設立挖土機工廠
2004年1月	伊藤忠商社-朝日啤酒與台灣頂新集團中國法人50：50合資	進軍中國機能性飲料市場
2004年1月	豐田自動織機(35%)、台灣六和機械(65%)合資	投資700萬美元，設立六豐模具公司
2004年3月	崑山六豐機械、豐田通商等合作	以登記資本額186萬美元規模設立合資公司
2004年上半期	全家便利商店與台灣全家及頂新合作	目標2010年爲止於華東地區開3000家店

來源：中國媒體綜合報導

件數當中，約百分之十爲與台灣企業合資形式。電子製造業、汽車及相關零件、食品及飲料、能源等業種的合資較活躍。

日本企業如此積極與台灣企業戰略型合作，是爲了企圖挽回其在中國市場的劣勢。日本雖然品牌影響力有世界級水準，但還是認爲必須與在中國內銷網及文化認同上處於優勢的台灣企業合作。一九八〇年代在中國投資嚐到失敗的日本企業，能不能眞的藉由與台灣企業戰略型合作而達成所期待的成果，仍有待觀察與研究。

韓國企業開始進軍中國時曾爲「該與中國企業合作投資，還是自己單獨投資」的問題而煩惱了許久。但後來中國逐漸擴大外國人獨自投資許可範圍，如今選擇獨自投資的比率明顯偏高。據二〇〇四年八月Kotra中國總部以在中國投資的五百二十九家企業爲對象進行問卷調查的結果，百分之六十以上爲獨資形態。他們大部分因爲考慮到與中國夥伴之間的磨擦而選擇獨資。

不過中國不再是一個單純的加工基地，如今已急速改變爲內需消費市場，而且在競爭更尖銳化的環境下，如何攻佔市場及如何維持市場佔有率將決定未來的成功與否。僅靠韓國企業自己的力量，要開拓如繁星般的中國內需市場流通網，在現實上是不容易的事。進入中國的方式及形態，是需要戰略型判斷的問題，因此韓國企業也需要將昨日的敵軍運用爲未來友軍的智慧。

七、中國人的錢，全球一起花

人民幣一定會升值，重要的是何時以及如何升值

無關於中國政府的反應，越來越多人開始猜測人民幣升值的時刻。也許除了美國以及西方各國的壓迫持續存在外，更由於中國參與七大工業國（Group of Seven：G7）財政部長會議等因素，使得人民幣升值的說法逐漸成形。

人民幣升值，無論在經濟上或政治外交上，分明有其必要性而且也被認爲具有正當性。從經濟觀點來看，人民幣升值會顯現進口費用降低的效應。目前中國正處於進口激增時期。輸入增加率二〇〇一年時僅爲百分之八・二，但到了二〇〇二年及二〇〇三年時分別達到百分之二十一・二及百分之三十九・九，到了二〇〇四年時爲百分之三十六，持續升高。如果爲了進口而支付巨額金錢的情況下讓貨幣升值的話，原材料和不斷暴漲的石油費用便會

人民幣升值的兩種相反影響

負面的影響	正面的影響
對外出口減少	進口價格下降
擔憂市場投機行爲盛行	提高中國企業海外投資能力
擔憂外商投資存量減少	增加中國國內外資企業的利潤
擔憂出口減少導致失業人口增加	減少海外留學費用
擔憂通貨緊縮	減輕外債本利償還負擔
擔憂富益富導致貧富落差擴大	中國資產價值上升
低收入階層的支出負擔增加	中國GDP上升效應
農業受到嚴重打擊	中國人的國際購物能力上升

隨著貨幣升值幅度而降低。而且通貨價值上升的話，可以挽救二〇〇四年時折騰中國經濟的通貨膨脹壓力，由此而提高中國企業界的海外投資能力。除此之外，雖然不是最重要的問題，但因而能減輕外債償還負擔，同時能見到人民幣和美元對比價值及GDP伴隨上升的效果。

從政治外交上來看，也許藉此能擺脫「中國刻意操控匯率，並將便宜貨傾銷於世界市場，因此威脅美國及歐盟等先進國家就業機會」的批評。

中國不可能不懂這樣的正面效應。也有些中國學者主張，如果人民幣升值百分之五至十，會減少與主要貿易國之間的貿易磨擦，同時減低原、副材料的進口費用。

重點不在於「要不要升值」，而在於「何時、用什麼方式」。關於此一問題，中國政府堅定不移的原則就是「目前爲時過早」，因爲牽涉層面太廣，「若要立即進行，風險未免太大了」。

第一，以目前的金融系統要承受匯率的變動還是力不從心。金融在中國經濟上是最脆弱的部分，它是經濟改革核心中的核心。而且四大國營商業銀行①的股票上市計畫，無論如何一定要成功。爲了改革，中國絕對需要安定的金融環境，因此急忙開放人民幣匯率而自找衝擊的可能性少之又少。

第二，可能加重民生經濟中最嚴重的失業問題。一億五千萬名的農村多餘勞動力，再加上從國營企業被解雇的「下崗」人力以及求職的新人等，全部考慮在內的話，中國政府必須每年安排二千四百多萬個工作機會。創造工作機會的很大一部分是由輸出企業提供的，但如果因人民幣升值而使輸出減少，會加重就業困難，由此可能面臨恐怖的社會不安。

第三，不能忽視體制的脆弱性。目前中國還沒有眞正確立控制市場經濟的系統，假如依照先進國家的要求，現在立即改變匯率制度的話，萬一像過去一九九七年亞洲金融危機般的國際金融環境惡化時，很有可能受到波及。

從整體上觀察中國目前的情況，如果現在馬上進行人民幣升值，負面影響比正面效果多，可能會讓中國經濟及社會遭受致命性打擊。因此中國接受G7的邀請而在會談中欣然同意討論人民幣匯率制度，但對是否要加入G7卻沒有什麼特別的反應。因爲假如要加入G7，就必須馬上付出相應的代價，其中包含開放人民幣匯率。

所以雖然人民幣升值的壓力加重，但中國政府還是不會在短期內斷然進行，而較可能採漸進式推動。就算在短期內實施貨幣升值，也不會因此讓中國、韓國以及相關國家立即遭受激烈衝擊的地步。而且預計不會變更匯率本身，而是朝改善匯率系統的方向進行。②

人民幣圈（bloc）浮現

亞洲的華僑經濟圈出現人民幣圈即將誕生的徵兆。

香港由於大量湧入中國大陸的觀光客，使得7-11、屈臣氏等二十四小時便利店開始接受人民幣。數百家兌換行和銀行也都可以兌換人民幣，而且自動提款機均可用人民幣金融卡來提領港幣或人民幣現金，人民幣已經逐漸成爲香港的準貨幣（quasi-hard currency）。另一方面，更由於港幣對美元採固定（或釘住）匯率制度（pegging system）引起了香港經濟的衰退及失業率升高，因此早就有人認爲香港應該以中長期方式用人民幣取代香港法定流通貨幣。根據香港金融圈中最積極進軍中國的香港東亞銀行預測，未來二十年內人民幣將取代港幣在香港全面流通。德國前總理施密特（Helmut Schmidt）也預估，三十年後人民幣將和歐元一起成爲世界三大貨幣。

此外人民幣的地位在台灣也逐漸提高。台灣中央銀行從數年前起便開始檢討人民幣在台灣地區買賣的可能性。透過台灣與中國大陸銀行之間的協議，引進人民幣與新台幣的結算系統時，台灣的銀行也可以買賣人民幣。二〇一〇年前，以撤銷所有輸入關稅為目標，而依照預定時程推動中國及東協國家的自由貿易協定時，人民幣在東協圈的流通範圍也會日益增大。當然，如果人民幣要成為亞洲的國際通貨，前提除了貿易交流之外，還必須在資本交易上與外國通貨能自由兌換。但無論如何，可以確定將來人民幣的地位在華僑經濟圈裡會更加凸顯。

對人民幣的國際化做好準備

亞洲各國自從金融危機以來，覺悟到通貨合作的必要性而挺身共同努力，如「清邁協定」（Chiang Mai Initiative：CMI）等貨幣交換（currency swap）協定，就是其代表性實例，以貨幣互換為框架，做為共同應付如外匯危機等狀況時的對策。

以各國學術界及財務管理為中心提出的亞洲美元（Asian dollar）意見日益抬頭，部分人士更「突破性」主張說，將人民幣在亞洲地區國際化，因為人民幣在亞洲外匯危機的情況下仍不會貶值，守住了匯率的安定，因而人民幣的價位大幅增高。

人民幣成為國際通貨的可能性有多少？通貨的國際化有兩種考慮因素。如歐盟一樣，撤銷本國通貨而採用另一種新通貨的「單一通貨」；或保持本國通貨但透過特定通貨帶動本國通貨的「共同通貨」。哥倫比亞大學教授羅伯特．孟岱爾（Robert A. Mundell）指出，在亞洲很難以單一通貨達成各國的協議，因此近來通貨之國際化論點大都聚焦於共同通貨。

將人民幣立即國際化，現階段仍然不合常規甚至是荒唐的事。但是考慮到中國經濟的急速發展以及推動人民幣的自由兌換等因素，這樣的議論從中長期的觀點來看是有意義的事，而且需要細心檢討。傳統上對美元高度依賴的中國及亞洲各國，經歷過外匯危機而對美元的需求性刻骨銘心，於是競相努力儲蓄美元。但是隨著美國的經常收支累積為赤字，使得美元持續疲弱不振，結果對美元過度依賴反而開始成為國家經濟的負擔。在這樣的情況下，人民幣浮現為國際通貨的可能性，成為嘗試將蘋果分裝於多數籃子裡的「危險分散型」處方的契機。

雖然人民幣的國際化還是初步水準，但有人評估它在四種方面已經逐漸具備一定的條件。

第一，中國的國際化正在急速成長。對中國經濟成長的各種預估雖然有些差距，但還是以樂觀的預測為主流。中國計畫在二〇二〇年以前達到GDP為四兆美元、每人的GDP為三千美元的目標。先進國的眾多專家也認為此一目標可以達成。這代表說，人民幣將逐漸取代美元，而能夠扮演東亞市場提供者（market place）的角色，並且因此留置更多的外商直接投資。

據國際貨幣基金（International Monetary Fund：IMF）的資料，近來中國的對外貿易比率、對外金融比率等，整體上對外開放度都在急速上升。自一九七八年以來，中國已經顯現改革開放的累積效應，使得人民幣在亞洲地區成爲主導性通貨的可能性隨之增加。

第二，中國已經成爲東亞地區大部分國家的重要出口市場。自從二〇〇一年十二月十一日加入WTO之後，對亞洲國家提供前所未有的新機會，而成長爲最大的貿易實體。二〇〇二年十一月四日與東協締結了全面性經濟合作協定，如今正在推動自由貿易協定。這也代表人民幣的價位日益鞏固，在亞洲通貨合作的機會也隨之擴大。

第三，對中國政府的公信力提高也是樂觀因素之一。中國自從發生外匯危機之後承諾「不會讓人民幣貶值」的約定，使得海外投資人安心，由此促使外商擴大直接投資。從此之後，中國的國家信賴度大幅上升，同時逐漸擴大爲認同人民幣是安定的通貨。

第四，雖然是數年前便已開始出現的現象，但亞洲各國目前仍然逐漸擴大人民幣流通的範圍。在香港、澳門等地已經有四百億元人民幣（約四十八億美元）的現金流通，而且當地通貨與人民幣以一比一的比率換算的商店也越來越多。蒙古全部貨幣交易量的百分之六十以上都是以人民幣進行，連鄰國的越南、寮國、緬甸、俄羅斯、北韓等與中國鄰境地區的國境貿易也通用人民幣。

據中國人民銀行統計，最近在海外流通的人民幣每年達四百億至五百億美元的規模。但是依據估算，實際上海外的需求量遠超過流通量。在此值得注意的是，人民幣的海外流通並不是依據制度上的規定，而是自然發生的。假如將來中國實施人民幣的自由化政策，到時候人民幣的交易比率會倍增。

不過，為了人民幣的國際化，有些課題在現實上必須解決。不同於歐洲國家統合而誕生的歐元樂園（Euroland），在歷史、文化、經濟水準相異的亞洲地區要成立共同通貨，絕對不是容易的工作。過去自一九六〇年代中期開始實施自由兌換政策時就高喊日幣（Yen／¥）國際化的日本，經歷一九九〇年代所謂「失落的十年」以後便絕口不提了。

除了全面的金融系統改革而擴大外國投資者保有人民幣資產之外，還需要改善匯率系統，而且應該擴充香港等地人民幣交易中心的功能。從政治上的觀點來看，如果將來眞正進入人民幣國際化的議論時，美國會有怎麼樣的反應也是值得注意的問題。

人民幣的國際化將會默不作聲且緩緩地進行。因為假如中國眞的願意人民幣國際化，那麼不會在現階段輕率地進行匯率變更。中國曾目睹日本屈服於先進國家的壓力，而在一九八五年的「廣場協議」（Plaza Agreement）後大幅升值日幣，因此深陷「失落的十年」泥沼中的情形。所以中國可能不會直接介入匯率，寧願把重心擺在匯率制度的整頓及改善方面。

韓國應該從人民幣可能成為國際通貨的角度去看待人民幣，重於對人民幣升值的關注。

不過到目前爲止，不曾探討或研究過萬一人民幣成爲國際通貨時，會對我們造成什麼樣的影響，或者韓國應以何種方式應對等問題。

在這樣的情形下，近年來韓國金融當局爲了增進韓、中、日三國金融監督機關的合作，而決定推動例行業務會議，是相當令人鼓舞的一件事。假如這種會議活性化時，在制度上將有助於亞洲債券市場的發展，而且藉著各國經驗及人力資源的交流，萬一發生金融危機時，能夠大幅提高應對的能力。

注釋：

①中國四大國營銀行：中國工商銀行、中國銀行、中國農業銀行、中國建設銀行。

②二〇〇五年七月二十一日人民幣升值百分之二，並宣布與美元脫鉤，改採參考多種貨幣的浮動匯率制度。

八、後紡織品配額時代的戰爭將繼續

反對廢除紡織品配額的看法

隨著WTO體制的進展，陸續廢除阻礙國際自由貿易的關稅及非關稅的壁壘。輸入許可證管理制度（將特定品目設定爲輸入許可對象，並嚴格管制輸入許可證發給條件，藉此獲得抑制輸入的效果）及兩大非關稅壁壘之一的輸入配額制度相繼消失在世界各地。

世界上代表性的輸入配額對象品目，有汽車、紡織品、穀物等，其中紡織品是最敏感的品目，因爲其他國家根本無法與低價的中國產品競爭。一般提到「配額」，通常就立刻聯想是在指紡織品配額。所以本單元特別來探討一下紡織品配額的問題。

紡織品配額所依據的「紡織品與成衣協定」（Agreement on Textiles and Clothing：ATC,1994）自二〇〇五年一月一日起全世界正式廢除。回顧ATC的前身「多國間纖維協定」

（Multi-Fiber Arrangement：MFA，1974）曾爲了防範低價產品損害本國市場，而由美國與歐洲國家主導。如今「後（post）紡織品配額時代」的最大受惠國，當然就是世界最大纖維輸出國——中國。

依據中國商務部資料，中國紡織品輸出業績自二〇〇〇年以後保持每年百分之二十以上的成長率，其中總營業額百分之六十以上都是靠出口賺取。當時仍在配額制實施的情況下便有這樣的業績，如今「後配額時代」所增加的競爭力更不容小覷。

不過對於中國國際市場佔有率到底會擴大多少，卻各有相反的預測。中國紡織協會預估，中國產纖維類和成衣類世界市場佔有率將緩慢的上升，到二〇〇五年前會達到百分之三十，但美國相關業界卻預測可能會達到百分之七十。

世界性策略諮詢公司麥肯錫（McKinsey）預估，中國產纖維和成衣類的世界市場佔有率持續擴大，到了二〇〇八年時擴大到百分之五十。與此相反的，根據WTO的報告，解除配額制以後，中國與印度將成爲最大受惠國，但不會出現如一般預測一樣市場佔有率急遽擴張的現象。依WTO的預測，二〇〇五年中國的美國市場佔有率從百分之十一增加爲百分之十八（增加百分之七），在歐盟市場從百分之十增加爲百分之十二（僅增加百分之二）。

根據美國業界與麥肯錫的看法，自從廢除配額制以後，低價的中國產品如虎添翼，但根據中國業界與WTO的報告預測，只以低價爲武器在擴大市場佔有率上一定有限。

中國纖維業在國際上的競爭力到底會達到哪個水準？中國、美國以及歐盟現在會有什麼想法？紡織品配額制眞的消失不見了嗎？競爭力日益弱化的韓國纖維業界前景令人擔憂。

中國因紡織品配額制而產生的緊張與煩惱

解除紡織品配額制之後出現兩種相反的預測。美國及歐盟等主要進口國擔憂中國製產品的世界市場佔有率會因而急速上升，但中國業界本身反而在擔心自己能力有限。韓國纖維業界也各有不同的反應，韓國國內生產業界擔心中國產品的擴展，而已經進入中國當地並具有生產基礎的投資企業，爲將來先進國家可能實施的追查反傾銷和緊急限制進口措施（safe-guard）而戰戰兢兢。原本以爲會因此興高采烈的中國反而露出擔憂的表情。中國到底在緊張什麼呢？

首先，我們檢視一下他們脆弱的產業結構。在中國，一般普遍期待解除紡織品配額制後會增加出口，因而二〇〇三年及二〇〇四年時全國各省分別新設五千家以上纖維紡織公司，在這過程中，包含設備的固定資產投資年增率超過了百分之百。僅是江蘇省一個地區就有多達六千家纖維紡織公司，如果包括浙江省、廣東省、上海等地區就達到數萬家，而且依據中國紡織協會的推算，如果連合作公司都包含在內的話，更超過一百萬家。

這樣的結構對短期內的輸出可能有效，但以中長期來說，會導致非常危險的情況。由於過度的重複投資會引起生產過剩，而且恐怕會殺價搶攻海外市場，惹來中國國內業者之間的競爭，同時原材料取得的問題也會嚴重起來。中國市場的棉花價格自二〇〇三年以後已經上漲百分之五十以上，使得業者的利潤幅度只不過百分之二至五而已。棉花和化學纖維等原料是進口依賴度極高的品目，連在中國國內的價格起伏也相當大，於是紡織品生產越增加，原料取得困難也會越加嚴重。

更根本的問題爲缺乏核心競爭力。在此之前，中國業者雖然有量方面的成長，但因爲一直致力於加工出口和生產仿冒品，所以自然缺乏研發新產品的能力。現代商品的生命週期越來越短，要追上國際市場的小量、多品種趨勢，中國業者的力量仍嫌不足。

纖維紡織品的世界市場目前處於供給過剩的局面，加上國際環境並不單純，在解除配額制的情況下，價格競爭會更加激烈，利潤幅度越降越低。中國企業將以產量和低價爲武器而企圖擴張國際市場佔有率，但越如此越無法避免遭遇諸如追查反傾銷和緊急限制措施進口等障礙。

現實上能夠勝過各國貿易保護主義浪潮的對策方案不多，這是中國的主要煩惱。中國紡織品輸出協會也僅提出將各國市場細分化、盡量提升利潤幅度、開發高附加價值的產品以質取勝等概論性對策而已。

紡織品紛爭，仍留下其火苗

中國商務部在二〇〇四年十二月二十七日發表聲明，表示自二〇〇五年一月一日的船載貨起，對一百四十八項本國產纖維類課徵輸出關稅。一般來說，關稅是以金額為課稅標準，但中國的纖維輸出關稅卻是以個數與重量為標準的從量稅（specific duties）。貨品分類號列（Harmonized System Code：HS Code）前二碼為基準，屬於六十一類及六十二類的外套、襯衫、襪子、褲子、睡衣、內衣等一百四十六個項目，以個數為標準，每一件課以〇・二元人民幣（女用成衣類是〇・三元）的關稅。以HS Code 八碼為基準，屬於六一一七・九〇〇〇及六二一七・九〇〇〇的成衣類產品，適用重量標準，每一千公克的關稅為〇・五元人民幣。這分明是針對原本擔憂中國產品的市場佔有率急遽上升，而主張中國應該自動自發實施出口限制措施的美國及歐盟等主要進口國，以及亞洲圈輸出競爭國的要求。即使如此，從三個角度來看，中國產纖維類卻保留著隨時再登場為敏感事件的可能性。

首先，「自動自發的措施」範圍卻是限制性的。中國為了使本國纖維業界的損害最小化，而僅以低附加價值產品（低價品）為對象而課以輸出關稅，而且它的平均稅率才百分之一・三而已，等同於將原本為購入配額而支出的費用，改成輸出關稅之名目罷了。也有些國家反應，以部分項目來看，輸出關稅額比購入配額時所付的費用還低。在這樣的情況下，中國製產品仍然保持價格的競爭力。自從課徵輸出關稅以來，中國業界的反彈從未表面化，也是這個原因。

第二，對纖維界進口原料的出口附加稅的退稅率仍保持原狀。以中國纖維輸出業者立場來說，因為仍繼續享受政府稅制優惠而感到幸運，但以美國等進口國立場來說，卻對此很不順眼。因為中國業界仍然可以藉此確保價格競爭力。在這種狀況下，再考慮到中國政府的關稅課徵期限為二〇〇五年一月一日開始的三年期間，那麼未來可能會再次浮現成為敏感的問題。

第三，美元價位的發展方向也成了問題。美國及歐盟纖維業界將依據美元會持續疲弱，還是反轉為強勢，來決定對中國產品的應對動向。

由於情況如此，雖然廢除紡織品配額制值得歡迎，但總覺得心裡不是滋味，這就是中國的心情。中國想要實施纖維類最低價輸出價格制（floor price），正是在反映這種心情。

往後中國與美國及歐盟等主要進口國發生磨擦時，應該不會採取尖銳對立，而可能會提出各種讓步動作。至少等到中國產品在價格及一定水準的品質和品牌上獲得競爭力之前，盡量不會去對立。由於中國業界的獲利率已經降至百分之五以下，看來應該可以接受一定漲幅的價格提高。即使如此，在短期內纖維貿易相關國之間的磨擦不會消失，不排除在五至十年間，隨時都可能再次凸顯爲國際貿易的爭論點。

在如此的環境中，韓國企業在中國生產產品後以適當的價格出口，或者乾脆轉移至較少面臨追查反傾銷和緊急限制進口措施的第三地區，要不然就從更基本的出發點，生產高附加價值的產品來使其特殊化。以中長期的眼光來看，韓國企業能夠生存的路線應該是第三個方法。假如要以高附加價值來使產品特殊化，應該以開發新素材產品爲重點，但同時可以考慮集中培育擁有國際知名度的高級品牌的方案。

九、堂堂以東北亞中樞而建立的巨大經濟圈

邁向世界物流園區（hub）——新港灣大歷史

擔心上海港可能會超越釜山港，似乎才不過是昨天的事，如今上海港果眞已經遙遙領先了。二〇〇四年上海港的貨櫃處理業績比二〇〇三年增加約百分之三十，達到一千四百五十五萬四千TEU（Twenty-feet Equivalent Units，一TEU等於一個二十英尺貨櫃），繼香港及新加坡之後名列世界第三。二〇〇二年爲止一直保持前三名的釜山港，到了二〇〇四年僅有一千一百萬TEU而降爲第五名。以二〇〇四年貨物吞吐量來算，上海港處理了三億七千九百萬噸，超越新加坡而登上世界第二名[1]。

上海港爲非海洋港口，是位於長江口的內陸港，水深僅八．五公尺，只能停泊二千五百TEU級船舶，大型船舶須利用漲退潮進出。在這樣的條件下，竟然創下世界第二及第三名的

成績，眞是令人不可思議。但是船舶公司爲了節省物流費而打造五千TEU以上的大型船隻，上海港在這樣的情況下不可能永保榮景。

爲了克服這樣的限制而展開了洋山港興建計畫。如今在上海市東邊車程約一小時的洋山島，正認眞興建可以讓八千TEU貨櫃船自由進出水深十五公尺的下一世代深水港。前往這個地方的路途中，可以一目了然地看到被稱爲「海上萬里長城」的東海大橋建設現場。連接上海和洋山港的這條連港陸橋，總長等於從首爾到仁川的距離，來往六車道，預定二〇〇五年十月正式通車。

花費總共六十億美元的洋山港計畫，等到二〇〇五年第一階段開發完成時，能運作五個貨櫃碼頭，每年可處理二百二十萬TEU的貨櫃。到二〇〇六年第二階段施工完畢時，會多增加四個碼頭，到二〇二〇年時，依年度相繼開放總共五十二個碼頭。如此一來，洋山港搖身一變爲二千五百萬TEU級的世界最大貨櫃港。目前它的規模有釜山港三倍大，而且預定在鄰近地區建設配合物流、產業、休閒活動的五十萬人口規模的新概念海洋城市。

根據估算，二〇〇六年起東北亞的貨物吞吐量會超過全世界的百分三十，洋山港以物流園區的角色更加強化上海的重要地位。東海大橋將成爲和東方明珠塔一起象徵上海繁榮的名勝地標，到時候理所當然會產生以目前眼光無法猜測的驚人經濟效應。

夢想著巨大都會帶（megalopolis）的長江三角洲

二〇〇三年八月十五、十六日兩天，離上海兩小時車程的江蘇省南京，聚集了長江三角洲十六個城市的市長，市長的背後高高掛起寫著「長江三角洲城市經濟協調會」第四屆會議的布條。

雖然此事當時在韓國並沒有引起多大的注目，但的確不是一件普通的事。結束兩天的會議後，十六位市長在「以承辦『世博會』爲契機，加快長江三角洲城市聯動發展的意見」的長長協議文上簽署。

如協議文說的一樣，將要以二〇一〇年上海世界博覽會爲契機，聯合長江三角洲（即上海以及長江河口）各城市同心合力發展。此外市長們也根據「長江三角洲旅遊城市合作宣言」而下定決心培育出世界級旅遊勝地。

就是長江三角洲決議把產業及交通結合一起而躍升爲世界六大「巨大都會帶」之一②，並且眞的在政策上逐漸顯現出巨大都會帶的建設。

以上海爲軸分別連結南京及杭州的磁浮列車及軌道火車建設計畫也已經確定。如果這項計畫完成，會使這些地區的物流、資金和資訊連結通暢。換句話說，到時候會把長江三角洲一帶結合為三小時生活圈。

另外尖端產業培育計畫也在推動當中。江蘇省在二〇〇二年時設立了包括資訊技術、新素材、新藥等十個國家工業區調整方案。浙江省也以國家高科技開發區為核心而快馬加鞭努力發展尖端產業。

技術開發也跟著活躍起來，僅二〇〇三年上半期，上海、江蘇省、浙江省企業的專利許可申請件數便多達三萬件。在此值得注目的是上海的角色。上海自從建立技術產權交易所以來，到第三年時長江三角洲企業之間交易業績達到六百億元人民幣（七十三億美元）。

根據目前的報告，上海世博會的直接投資費用為三十億美元，但關於交通、流通、通訊等所需的間接投資額卻是其十倍的三百億美元。二〇一〇年上海世博會不僅是屬於上海的活動，也可說是長江三角洲的世界博覽會。值得注意的是世博會結束後會改變長江三角洲全貌。中國政府雖然不曾正式發表過上海以形成東北亞園區為目標，但是只要長江三角洲的一體化成功，上海即可躍升為東北亞最強而有力的據點之一。

長江三角洲市長團會議不但是長江三角洲的一體化共識，而且是實現世界級巨大都會帶的十六個城市市長的政策協議。自從一九九七年開辦第一屆會議之後，每兩年開會一次。到第三屆會議（二〇〇一年）時，上海、南京、揚州、鎮江、南通、泰州、蘇州、無錫、常州、杭州、湖州、寧波、嘉興、舟山、紹興等，聚合了十五個城市的市長，到了二〇〇三年時多加一個台州市，於是稱為「十五加一」會議。

長江三角洲儘管預備好美麗的藍圖，但也有嚴重的煩惱。由於之前急速成長而成為全中國電力不足最嚴重的地區。如何解決電力問題，就是決定長江三角洲持續發展與否的關鍵。

電氣電子的聖地——珠江三角洲

一般被稱為「九加二」的珠江三角洲，是包含福建、江西、湖南、廣東、廣西、海南、四川、貴州、雲南等九個省以及香港、澳門特別行政區的廣泛地區。狹義上則僅指稱廣東、香港、澳門等，但二〇〇三年七月，廣東省為了資源共享和經濟合作而再加八個省，因此又稱為「泛珠江三角洲」。因為它的範圍實在太大，所以難免會讓人懷疑是否眞能連結成一個經濟圈，但無論如何，如此設定是把沿海地區的經濟發展擴展到內陸的戰略性考量。

香港電氣電子業者早就開始移轉至珠江三角洲地區，經濟一體化已有相當進展。由此看來，可以預測未來會成長為附加香港國際貿易及金融機能的世界級電氣電子專業區。

長江三角洲以上海為中心都市而全面設立，並構思以它為重心的發展策略，但珠江三角洲卻沒有這樣的中心都市。因為它的涵蓋範圍太廣泛，部分單位把香港當做中心，但中國政府的看法不同。中國政府雖然承認香港以國際金融及貿易都市而擁有獨特的地位，但認為未來的情形可不一定，因爲中國內陸都市急速成長，使得香港很難保持像過去的絕對優勢。但以目前的情形來看，內陸都市的競爭力還沒有達到馬上和香港並駕齊驅的水準。由於如此，這些地區採取不分都市優劣的方式發展。

珠江三角洲和長江三角洲比起來，雖然它的發展速度並不是那麼快，但是以香港及廣東省爲中心的中國傳統對外開放地區，未來相當期間內應該仍然可以保持原來的地位。尤其近年來隨著澳門的經濟急速恢復，廣東省東部地區以香港、深圳爲軸心，西部地區以澳門、珠海爲軸心而形成長軸型的發展計畫。

不過，珠江三角洲卻出現產業現場人力不足的矛盾情形，因爲這地區的人力長期流往中國大陸的其他城市。如果珠江三角洲要發展成爲眞正的經濟圈，必須趕快解決人力的問題。

東北亞園區之夢不可被中國搶先

中國正在培育許多巨大經濟圈，而以仁川、釜山、光陽等經濟自由區爲中心邁向東北亞園區的韓國，從前述的事實中體認到必須趕緊解決三個課題。

首先，要集中培育韓國獨自的競爭力。韓國擁有不輸給亞洲任何地區的優秀人力資源，而且位於東北亞中心的絕佳位置。在資訊科技、生物科技等知識服務產業的基本條件及金融方面，韓國的優點比上海多。此外，雖然中國政府的意志和政策很明顯，但不符合全球化時代的精神，因爲政府的過度主導造成中國產業結構上的問題，這點對韓國來說，反而成了比較有利的因素。

第二，要形成與中國間的連結鏈。如果要在東北亞地區成爲園區，該國本身要先造就優良的經營及生活環境，但僅靠它是不夠的。因爲若與未來將成長爲世界最大消費市場的中國市場連結，便可擔保已成功了一半。到目前爲止，韓國雖然向外國企業表示可以將韓國運用爲進入中國的橋頭堡等模糊的可能性，實際上卻沒有具體而嚴肅地思考過。

第三，不以規模而以速度取勝。有人將中國比喻爲奔馳的大象，假如韓國以規模與上海競爭，勝算不大，應該隨時尋找機會快速改變，然後再進一步尋找新機會繼續改變。在這過程中，韓國應該比中國更早耕耘出看得見的成果，並讓外國企業明白看到。假如韓國沒有加足馬力的話，以二〇〇八年北京奧運及二〇一〇年上海世博會爲契機而更加發展的中國，恐怕就會搶走東北亞園區的美夢。由此觀之，韓國經濟自由區計畫沒剩多少時間了，必須在這一、二年內至少完成成功的模型，再以它做爲跳躍的墊腳石。

注釋：

①二〇〇五年已超越新加坡成爲全球最大港。

②其他五大都會帶：美國東北部大西洋沿岸城市群（波士頓、紐約、費城、巴爾的摩、華盛頓）、北美五大湖城市群（芝加哥、底特律、克利夫蘭、匹茲堡、多倫多、蒙特婁）、日本太平洋沿岸城市群（東京、橫濱、靜岡、名古屋、京都、大阪、神户）、歐洲西北部城市群（巴黎、阿姆斯特丹、鹿特丹、海牙、安特衛普、布魯塞爾、科隆等）、英國以倫敦爲中心的城市群（倫敦、利物浦、曼徹斯特、里茲、伯明罕、謝菲爾德等）。

十、浮現的產業及如虎添翼的人才

十年後將浮現的產業

中國隨著急速經濟成長而同時進行傳統製造業領域的重整，以及尖端產業的培育。由於加入WTO的決定性因素，加速了外國企業的進駐，也因此強化了中國企業的競爭力。而數位時代的來臨則促使產業版圖產生變化，資訊科技、網際網路、半導體等尖端產業浮現上來，一般家電也快速轉變爲數位家電。這樣的現象並非在全中國顯現，而是依特定地區的主體化，形成明顯的經濟圈特徵。

中國政府的產業政策，一九八〇年代爲輕工業培育期，一九九〇年代中期以後經歷著產業結構的高科技化階段，現在正進入戰略性調整階段。戰略性調整是以勞動密集型製造業領域的結構調整、提高服務產業的比例、培育國家骨幹產業（資訊科技等）三大課題爲中心而形成。

未來十至十五年間，中國的奧運相關業種、流通業、多媒體相關業種、旅遊業、快速流動（fast moving：民生消費品）產品業、軟體業、醫藥業、公共設備業、海洋經濟相關業種等都是非常有前途的業種。因此企業對這些業種進行直接投資，或者買入相關企業的股份等方法都會有樂觀的前途。

・奧運相關業種

中國由於贏得二〇〇八年北京奧運的舉辦權，預估每年GDP會因此增加百分之〇・三，因而累積的經濟效應高達一兆三千八百億元人民幣（一千六百七十億美元）。至少投入二千八百億元人民幣（三百四十億美元）的北京奧運，在數位電視、ICP（Internet Content Provider，網路資訊事業）、TCP（Transmission Control Protocol，位址資訊事業）、BICP（Broadband Integrated Communications Provider，寬頻資訊事業）、電子商務交易、電子政府、遠距教學等多樣領域產生許多創業機會。預估舉辦北京奧運時，僅在北京就會有一百萬台數位電視的需求。

繼北京之後，二〇一〇年舉辦的上海世博會和廣州亞運，將積極興建相關建築、擴充交通基礎設施、推動環境污染防制，使得建設、交通、環境方面的業種大大活躍起來。

・流通業

二〇〇四年十二月，中國擴大開放批發、零售流通業之措施，不論對外國企業或中國企業都提供擴張事業的機會。有些人認爲，隨著網路及電子商務交易的發展，將可能使得傳統零售業快速萎縮，但未來還會有一段時間線上（on line）及線外（off line）行銷方式並行。由此預測，以現有的線外方式爲基礎，而展開線上交易的新行銷方式消費網會逐漸活躍起來。

・多媒體及軟體業

未來十年內，PC、CD、DVD、行動電話、家庭用遊樂器等的普及率將快速擴展，隨之會產生廣大的多媒體消費風潮。

雖然電腦軟體的需求遽增，但是由於中國的技術不足，因此外國企業產品佔有大部分市場，尤其病毒軟體及遊戲軟體被認爲是最有前途的產品。

・旅遊業

由於中國人逐漸擴大國內外旅遊的機會，旅遊業在未來十年間可能因而享有前所未有的榮景。看來，旅遊業不僅單純行銷旅遊產品，而且會擴張爲包含個人資訊的全方位型服務業。在旅遊業種方面，中國政府打算到二〇〇七年十二月十一日爲限允許外國獨資企業的設立，並廢除營業地區限制規定，所以在這段期間可能比任何業種的市場還更擴大，而競爭也會變得極爲激烈。

・快速流動產品業

飲食類及洗髮精等日用民生消費產品具有週轉率高且與消費者直接面對等特色。根據中國央視市場研究公司（CTR）最近發表的報告，民生消費產品市場規模比五年前成長百分之三十六，每年高達三百八十億元人民幣（四十六億美元）。目前雖然大部分營業額主要集中於春節（農曆一月一日）、勞動節（國曆五月一日）、國慶日（國曆十月一日）等三大黃金假期（各有七天假），但業界預測未來整年都會有可觀的業績。

自從中國政府擴大對外開放批發、零售業以來，許多外國流通業進入，民生消費產品往後會更加受到市場的影響。

・醫藥業

包含醫藥、醫療器材、醫藥包裝材料等相關企業有六千家以上，而且部分藥品的生產量已達世界級水準。中國製藥業界在傳統中藥領域有穩定的競爭力，並以此為基礎，積極規畫與外國企業合作生產開發新藥。

・海洋經濟產業

中國海洋產業的生產額，一九八〇年為八十億元人民幣，二〇〇三年時突破一兆元人民幣（一千二百一十億美元），二十三年間成長了一百二十五倍以上。根據海洋局發刊的《中國海洋經濟統計公報》，在上海為中心的長江三角洲、山東、廣東、天津、浙江等地，海洋漁業、海洋交通運輸業、船舶工業等相關的需求快速增加。

十年後如虎添翼的人才

根據中國主要地方人才交流中心發表的資料，未來十年間，擁有下述技術及才能的人才在產業現場較受歡迎，尤其身懷兩種以上技能的人才更受歡迎。

・會計

具備專業知識，熟悉中國及國際業務的專業會計人才。

・法律

目前的情況爲企業律師全面不足，往後尤其是專門辦理不動產方面的律師需求量會大增。此外，由於中國國內企業之間的合併收購大幅增加，因而這方面的法律支援服務機會將增多。

・電腦

隨著企業及政府推動電子化，軟體和硬體設計、研發及管理的人才將保持高度熱門。

・環保

經濟概念從量的成長轉換爲質的成長，環保的必要性大受重視。環保方面的投資逐漸擴大，因而公共衛生及生物方面專業研究人才的需求大幅增加。

・諮詢

諮詢的需求擴展至社會各方面，因而增加了經濟、金融、統計、電腦方面的人才需求。

・保險

人口急速高齡化，國民投保隨之增加，使得包括損害查證員的保險專業人才的需求持續擴大。

・個人服務

熟悉看護工作的訂做型家庭及個人服務業，將浮現爲有前途的新種職業。

・觀光

預估旅行社會遽增，而航空公司、租車公司、旅館業等旅遊專業人才的需求也會增加。

・人力管理

隨著勞動市場的流動性擴大，獵人頭（headhunting）公司的人力顧問、企業的人事管理職等會受到歡迎。由於跨國企業進入中國更加活躍，管理階層以上的高級人才需求量也隨之增加。

十一、使理念和系統進化的新國家競爭力

新國家理念，為人民服務

中國到改革開放初期的一九八〇年代爲止，一邊去除阻礙經濟發展的因素，一邊把政策的力量都瞄準於成長。如今隨經濟成長而起的社會階層分化嚴重，引發未來能不能仍繼續發展的疑問，因而需要有嶄新的理念來加以突破。

由此觀之，二〇〇四年十二月五日閉幕的中國共產黨中央經濟工作會議具有極重要的意義。會議中決定：一、繼續加強和改善宏觀調控，確保經濟平穩較快發展。二、繼續加大對「三農」（農村、農民、農業）的支持力度。三、大力推進結構調整，促進經濟增長方式轉變。四、著力推進經濟體制改革，建立健全全面協調可持續發展的制度保障。五、統籌國內發展和對外開放，增強國際競爭力。六、堅持以人爲本，努力構建社會主義和諧社會。這是

至少未來十年間持續的胡錦濤體制政策基調，其中的核心為「人本社會主義」。

所謂人本社會主義，是「以人爲本」，國家發展的最優先考慮對象就是人，也就是說以大多數人民的利益爲優先。中國未來執行主要政策時仍會盡量強調「爲人民服務」的這一點。政治上的需求隨著經濟成長而提高，這點也可能藉著人本社會主義而獲得解決，因爲過去鄧小平實施改革開放時提出的所謂「中國式社會主義」還是有理念上的限制。

會改變為多樣性及柔軟性的社會

隨著市場經濟因素在中國擴散，有些看法認爲，對共產黨統治的內部磨擦會增多，不過近期內不會有大變化。其原因如下：

第一，共產黨仍繼續執行菁英組織的角色。除了政府機關和企業之外，學校內都有黨組織，而且黨的最優先目標集中於經濟建設，在此狀況下並沒有立即取代它的另一種選擇。

第二，中國人以經濟爲中心的思考模式，反而會長久保持黨的地位。中國人雖然非常重視面子，但遇到自己經濟上利害相關的問題時，還是會選擇實利重於面子。以後市場經濟越發展，這種心理也越加強烈，而且也有可能越來越像香港一樣對政治不關心。因此如果黨對經濟建設全力投入，西歐式政治性需求的聲浪或許會極爲有限。

第三，中國社會裡颳起的多樣性及彈性等變化，也對保持現有體制上會有幫助。中國俗話說「上有政策，下有對策」。這句話原本是比喻地方政府不依照中央政府的政策而用簡便方法的現象，但另一方面也代表不要過度執著於名分而失去多樣性及彈性。

改革開放爲中國社會帶來的成果不只是經濟力而已。重視能力的升遷制度、勇於負責的高層公務員的態度、對國家重大事件的多種評論聲浪等，逐漸出現柔性變化。

前遼寧省長薄熙來（五十五歲）早就以強有力的業務推動力及洗練的態度而備受注目，二〇〇四年二月時被提拔爲商務部長。以知韓又親韓知名的薄熙來擔任商務部長，在兩個角度上具有強烈暗示。

第一，不靠背景而以能力爲主的人士也能出頭。薄部長是曾與毛澤東一起率領大長征的八大元老中唯一尙存者──薄一波（九十六歲）的兒子。中國人將這些革命第一代高官的子弟稱爲「太子黨」，以前太子黨靠著強大的「背景」而步步高升，但因爲人民對他們不那麼順眼，於是一九九〇年代以後僅是集中安排他們到地方政府，事實上限制他們進入中央政府。根據一般人的評價，薄部長不靠父親的影響力而是靠他自己的能力成長。據了解，被提拔爲商務部長是基於他在遼寧省的經濟建設成果，及外商投資留置業績，再加上英語能力好。只要有能力，便不會去挑剔所謂「太子黨」的不利條件。就是因爲有這樣的社會柔軟性，才使此事成爲可能。

其次，中國對處理前商務部長呂福源之事，也顯現出與前例不同的角度。呂福源出席二〇〇三年九月坎昆（Cancun）舉辦的第五次WTO高峰會之後，便不再出現於公開場合。關於他的健康情形不斷出現各種傳言，國務院於是公布住院的呂福源的健康情況已到無法執行工作的地步。若依過去的慣例，高層領導階級人士健康狀況出現異常，都是等到死亡之後才正式公布。因此這一點也可解讀爲柔軟性的一面。

柔軟的變化在其他方面也能看到。二〇〇四年初吉林省中百百貨公司發生大火，造成一百二十多人死傷。當時事故現場發生一件非常特殊的事，跑到火災現場的吉林省長洪虎站在電視鏡頭前，竟自責說事故是由於自己沒有盡全力做好安全管理工作而發生，並請求人民原諒，接著又透過《吉林日報》公開道歉。

中國發生大型事故時常會看到領導級人士出現在事故現場，但是像洪省長一樣自責自己的過失並請求原諒的情況，在過去是不可能看到的奇景。觀察家們說洪省長具有模範的處世態度，對未來其他領導人也會成爲好榜樣。洪省長是歷任全國政治協商會議副主席——洪學智的兒子，所以也是屬於太子黨的人物。

關於人民幣的升值也顯現出相當受注意的柔軟變化。以過去的情形來看，政府內部對海外的匯率變更壓力都以相同的聲音應對。但近年來有時政府（人民銀行）已經正式否決，但《第一財經日報》及《中國證券報》等卻連續刊載部分學術界主張貨幣升值之必要性等意見，因而引起了人民的關心。這些意見的主要內容就是，如果人民幣升值百分之五，可以減少與主要貿易國之間的貿易磨擦，而且原副材料進口費用也可以獲得節省效應。就算貨幣升值百分之十，經濟成長率僅減少百分之〇・七五而已，不會因而造成通貨緊縮及失業率。令人覺得不尋常的一點，並不是貨幣升值本身，而是中國竟開始出現「多樣的」聲音。雖然或許柔軟性效應不會立即明顯出現，但有展望今後它會被定位為另一種國家競爭力。

中國十年後的自畫像

十年後，中國的自畫像會是什麼樣的形貌？考慮到最近圍繞著中國的國內外情勢變化時，可以預見以下三種形貌：

第一，在國際舞台上扮演制定規範者的角色。至少到一九九〇年代爲止，中國仍被視爲國際秩序的潛在挑釁者。但自從陸續加入包括WTO等國際機構及國際條約開始，中國已不再被視爲孤立國。看來中國會努力以赴遵守國際機構及國際條約的規範和條文，但它並不會只滿足於參與現有的國際秩序，而會進一步逐漸成爲新國際秩序的制定者。

第二，挺身而出在國際舞台上強化調和者的角色。中國近期內在經濟及軍事方面能發展到對抗美國水準的可能性不大，因而可能在美國及第三國間，或在國際社會發生的問題上擔任調和者，並盡可能守住國家利益。這樣的動態在爲解決北韓核武問題的六邊會談中已經開始表露。

第三，成爲東亞經濟的核心國。根據預估，中國的經濟成長率目前爲百分之八至九，至二〇一〇年止降爲百分之七，從二〇一〇年到二〇二〇年爲止，可以保持在百分之六。但是對外貿易和外商投資則持續成長，透過產業結構調整，將逐漸成爲東亞的經濟核心國。

如果中國擔當了上述角色，將很可能使得韓國爲了選「美國還是中國」而陷入激烈的爭論。由於韓國在政治和經濟上都高度依賴美國和中國，所以最好不要偏向任何一國，而應該以均衡的思考及洗練的應對方式，好好發揮智慧，將兩國都當成朋友。

第二章

今日的中國：被成長神話遮掩的中國成長痛

一、先富論和富益富、貧益貧

不均衡成長論的成功

帶領今日中國經濟繁榮的決定性鑰匙，在三階段發展論（溫飽、小康、大同）、黑白貓論以及先富論中找得到，這些都是鄧小平生前提出的設計圖兼指南書。

所謂先富論，就是有能力的部分人和地區先成爲富人，再把其效應擴展至其他人、其他地區，由此而建設起大家過好日子的社會，可以說是最典型的不均衡成長理論。藉著一九七八年第十一屆三中全會（中國共產黨第十一屆中央委員第三次全體會議）提出的先富論，自一九八八年開始，展開沿海地區集中開發計畫和企業民營化多種措施，做爲理論的基礎，隨之培養出了財閥企業家，以及被稱頌爲「脫胎換骨」的上海。

先富論對中國經濟的決定性貢獻，就是把以階級鬥爭爲主的黨和國家政策基調完全改變成以經濟爲主。從過去維持社會主義體制骨幹的絕對平等主義之束縛中解脫，而改變爲重視能力及業績之社會的主要動力就是先富論。在大家都窮困的絕對貧困狀態下，想要建設成社會主義經濟大國，既沒多大意義且是不可能的事，所以先使部分人民及地區變富有，再進一步擴大至全面，如此做或許是在改革開放初期讓中國混亂最少化的最理想選擇吧。

各階層之間的落差逐漸嚴重

無論任何國家，在推行不均衡成長政策的過程中，被指爲最大問題的，就是在貧困階層（或地區）可能會發生的心理抗拒。在中國傳統觀念上，大多認可以正當手段賺錢的富豪，因此在前段時間裡，「先富論」的經濟政策和老百姓的情緒上沒有互相衝突。但是進入一九九〇年代後半期開始，先富論的副作用逐漸表面化起來。因爲雖然部分階層和地區變得富裕了，但以國家整體來看，反而使得貧富差距和失業壓力更嚴重，因爲「富」的集中速度比擴散速度更快。

根據中國國家統計局發表的資料，二〇〇四年都市地區的失業率僅百分之四・二，但據推算，若包括未登記的失業人口，並將農村、中小都市納入計算時，實際上的失業率遠超過百分之十，而且都市所得方面也比農村擴大平均三倍以上，比如上海等東部沿海地區的富裕

中國十大社會階層

等級	成員	內容	佔有率（%）
上層	1.國家與社會管理者	—黨政主要機關的領導幹部	2.1
	2.經理人員	—大中型企業的中上層管理者	1.5
中上層	3.私營企業主	—投資大量的個人資本而獲得利潤的階層	0.6
	4.專業技術人員	—具有技術及學歷的專職人才	5.1
中中層	5.辦事人員	—協助部門負責人處理行政事務的專職辦公人員	4.8
	6.個體工商戶	—以自己少量資本從事經營活動的階層	4.2
中下層	7.商業服務人員	—從事商業、服務業的非專業性人力	12.0
	8.產業工人	—從事第二產業的體力勞動人力	22.6
下層	9.農業勞動者	—農民	*
	10.無業失業半失業者	—失業人口（學生除外）	3.1

*農村人口流入都市而難以正確算出比例，在此圖表中推算爲約44%。

來源：〈當代中國社會階層研究報告〉，中國社會科學院，2001.12

都市，和西部最落後地區之間的落差竟達十倍以上。

富的不均衡現象也在都市內發生。由國家統計局二〇〇三年對都市地區所得水準調查結果，上層百分之二十家庭每人平均可支配所得比前一年增加百分之十三，達到一萬七千四百七十二元人民幣（約二千一百一十五美元），但下層百分之二十家庭每人平均可支配所得僅有三千二百九十五元人民幣（約三百九十九美元，增加百分之八·七），兩者之間有一萬四千元人民幣（一千六百九十五美元）以上的差距。都市地區的上、下階層間所得差距，自二〇〇二年的五．一比一，至二〇〇三年擴大爲五．三比一。

無關於地區的階層之間的不均衡也日益嚴重起來。雖然從國家整體來說，已經邁入能過舒服生活的「小康」初期階段，不過高所得層和低所得層間的落差已經逐漸擴大到無法收拾的地步。據中國政府公開發表，二〇〇三年仍然爲溫飽問題擔憂的絕對貧窮人口竟多達二千六百萬名。據中國社會科學院的推算，百分之十以內的高所得層獨佔了全國財富的百分之四十五，而百分之十最下階層的財產佔有率只不過百分之一而已。根據社會科學院發表的中國社會階層分類表，全國人口約有一半都屬於下階層。

一般認爲，使中國社會不安的原因爲經濟與政治的不均衡。改革開放僅集中於經濟方面，至於政治方面沒有多大變化，因此無論任何時候都有可能會爆發要求政治自由的聲音。但由於在經濟方面各階層之間、地域之間的落差已經太大，對今後國家發展形成極大負擔的現實成了更要緊的問題。「富益富、貧益貧」是中國政府無論爲了經濟建設或爲了中長期的社會安定，務必要解決的最重要問題。

可以同時捉到「成長」與「分配」這兩隻兔子嗎？

情形到了這個地步，中國政府爲了減低各階層及地區間的經濟落差，而提出多種對策。

除了促進服務產業、活化民營企業，並加快西部大開發計畫的腳步之外，爲了解決農村、農業和農民等所謂三農問題，而安排政策上的關懷，甚至出現應該完全免除農民納稅等呼聲。

近年來，中國政府從所謂的「科學發展觀」上尋求解決「富益富、貧益貧」現象的方法。所謂的「科學發展觀」，就是擺脫過去只追求成長的方式，而同時追求成長和效率。必須化解因急速經濟成長而出現的疏離階層的不滿，才能建設均等富裕且和諧的社會，這就是科學發展觀的基本理念。

爲此而強調創意精神和公平社會的建設，並控制改革速度，以及提出了重視安定的實踐方針。在經濟政策方面，重視管理重於建設，其結果使得傳統上原本理工科系出身受重視的官僚社會，近年來反而是人文科系出身者陸續嶄露頭角。

即使如此，這還只是從統治理念立場上推行的措施。已經根深柢固的經濟不均衡問題，其實在短期內進行劃時代行改善的可能性不大。換句話說，中國雖然是擁有十三億人口的大國，但上述情形卻直截了當地顯示，並不代表它是十三億人的消費市場。

二、世界型工廠的背面

中國真的是「世界的工廠」嗎？

根據中國國家統計局的資料，中國工業生產指數自一九九一年至一九九六年間增加了三．七五倍，接著自一九九七年至二〇〇二年間再增加了二倍。除了中國企業的能力進步之外，外商投資遽增的因素也帶動中國的生產力增長。世界五百大企業中有四百五十家以上在中國已經具備生產機能，由外商投資的全體企業數來看，以二〇〇四年末爲準，已有五十萬家（許可標準）以上企業生產商品。

根據聯合國貿易暨發展會議的統計，二〇〇二年從中國出口商品中佔世界市場第一名的項目有七百八十七個，繼美國（八百八十四個）和德國（八百〇八個）之後登上第三名。項目從中國傳統上本來大量生產的纖維類，到彩色電視、洗衣機、冷氣、冰箱等家電用品，最近甚至還包括汽車等，幾乎無所不製。

根據社會主義的特性，聖誕節不是假日，但全美國聖誕消費用品的四分之三，都是由浙江省三十六萬人口的小城市「義烏」生產的。有些專家還說，世界上沒有任何一個國家像中國一樣生產力如此急速成長，也許會因而重寫國際生產理論。如今中國製造的產品席捲世界市場的例子已經不是新鮮事，甚至連爭論市場佔有率多少也似乎不再有意義。

中國急速成長為世界製造業的中心地，其原因何在？以下的因素可以說是形成的背景：

第一，製造業界的低廉費用結構在競爭力方面奏效。低報酬和低稅率是基本的優勢，各地方政府還爭先恐後提出優待企業的政策。尤其國營企業容易以低利貸款，因而在最大限度內維持低費用。

第二，生產效率持續進步。近年來新出現的名詞「中印」（Chindia）代表了中國和印度被視爲今後世界經濟的恐怖實體兼相互競爭國。但是根據麥肯錫的報告書，依業種別顯示，中國的單位時間生產量比印度多百分之十至百分之三百，而在物流方面，從產品出庫到達美國的時間，印度需花費六至十二週，但中國僅需一個月以內的時間。

第三，不可忽視民營企業和外商投資企業的角色。這十年間快速成長的民營企業和外商投資企業，擔負中國工業生產總額的百分之七十以上。他們不同於過去計畫經濟時代的國營企業，一方面利用中國的低費用，一方面按照市場經濟原理而運作，因此能保持高度競爭力。

第四，產品的品質也改善許多。沃爾瑪（Wal-Mart）、家樂福（Carrefour）等進入中國的世界級跨國流通業，將中國產品調撥比率維持在最高的百分之九十以上。原因除了進口貨因進口關稅及增值稅（附加價值稅）使得售價提高之外，中國產品的品質也還算不錯。

全球都稱中國爲「世界的工廠」，但有趣的是，中國本身卻極力否定這種說法。中國社會科學院工業經濟研究所所長呂政說：「一個國家的製造業，已成爲世界市場重要的工業品的生產供應基地。具體地說，在製造業領域，不只是少數產品和少數企業在世界市場上佔有重要地位，而是一批企業群和一系列產品在世界市場上佔有重要地位。」但中國還不到這個水準。國家經濟貿易委員會經濟研究中心宏觀經濟研究部部長趙曉主張：中國的製造業在世界市場佔有的比率還不到百分之十，和美國、日本相比起來差距仍大。

中國民營企業中地位突出的浙江省溫州「正泰集團」總裁南存輝舉了更具體的例子來說明。他說，一般產品雖多但名牌卻少，還有低附加價值型及勞力密集型業種雖多，但高附加價值型及高科技業種卻少，技術引進型企業雖多，但技術創新型企業卻少。

這種現象可以如此解釋，中國在擔憂假如自己公開承認是「世界的工廠」時，可能會因而帶來世界各國更大的壓力。因爲中國判斷，貿易磨擦早就開始越來越大，全世界也爲了原副材料短缺及能源不足而擔憂，在此情形下如果囂張地宣稱「我國是世界的工廠」的話，可能會因此把自己搞垮。

貿易大國的貿易戰爭

二〇〇四年九月十六日在西班牙東南部小城市埃爾切（Elche）地區發生了不尋常的事件。那天，超過一千名氣憤的示威隊伍聚集到販售中國產鞋子的商店街，縱火焚燒從浙江省溫州載運來的十六個貨櫃的鞋子，結果造成一百萬美元的財產損失。駐馬德里的中國大使館爲此立刻出面，向西班牙當局要求補償和防範再度發生類似事件。仔細觀察當時的事件即可了解，在其他國家也可能隨時都會重演相同的場面。

「Made in China」攪亂世界市場雖然不是這一兩天的事，但中國產鞋子在歐洲市場的威力可說是超越想像。西班牙在二〇〇三年一年內總共從中國進口六百二十萬雙鞋子。這是西班牙全部鞋子進口量的百分之四十七，金額相當於二億二千萬歐元（二億八千六百萬美元）。對人口二十萬的小城市埃爾切來說，是令人不可思議的打擊。據了解，當地鞋店在二〇〇三年有十四家、二〇〇四年約有三十家已經陸續關閉。中國產品的威力來自低廉的價格，譬如，埃爾切生產的鞋價爲八至二十歐元（十·四至二十六美元），但中國產的進口貨價格爲三至五歐元（三·九至六·五美元），簡直無法與它的價格競爭。

埃爾切事件根本不同於以前曾經在部分國家發生的「反中國」（Anti China）情況。以前的「反中國」是不買中國製產品的拒買運動，但埃爾切事件的深層隱藏著強烈排斥心理和抗拒意識。雖然世界仍會持續開放市場的趨勢，但隨著對中國產品的抗拒逐漸強烈，任何時候都可能爆發第二、第三次埃爾切事件。或許是「Made in China」全球化的後遺症吧。

中國於二〇〇四年一年內受到世界各國五十七件進口規約措施限制，創下了世界新紀錄。中國商務部表示，因而產生的損失金額高達十三億美元。根據WTO的資料，一九九〇年代以後全世界發生的反傾銷或緊急限制進口措施，平均每六至七件中就有一件是瞄準中國，可見其牽制率有多高。

二〇〇四年中國的對外貿易額突破一兆美元，成爲世界第三大貿易國，因此在中國的立場上認爲會發生貿易磨擦，本來就不稀奇，因而仍堅持頑固的立場，認爲這些都是不當的外國壓力，絕不退讓，必要時甚至以死對應到底。除了透過商務部網站（www.mofcom.gov.cn）等交代本國企業，萬一在海外受到反傾銷控訴時要積極申訴之外，從二〇〇二年開始還訂定反傾銷條例、反補助金條例、緊急限制進口措施條例、對外貿易法等，以便強化針對輸入中國的外國產低價產品的進口規約措施。

中國加入WTO的當年，承諾未來十五年間甘心忍受非市場經濟地位。即使如此，近年來卻強烈要求世界各國承認中國的市場經濟地位（Market Economy Status：MES承認由市場而非政府執行成本價、工資、匯率、價格等體制），由此可以看出中國企圖緩和外國的貿易壓力。因爲萬一在非市場經濟國家的情況下，因傾銷行爲而受到控訴的話，控訴國可以採用天文數字的拍賣稅率。但如果具有市場經濟地位時，傾銷稅率會因而大幅降低。由此觀之，中國可能爲了獲得市場經濟地位，而提出不少讓步性質的措施。儘管如此，推測在短期內不會戲劇性改善中國所處的國際貿易環境，反而因爲各國利害關係錯綜複雜，所以很有可能顯現出更尖銳的對立。

使中國更覺得困惑的一點，就是以前貿易戰爭的形式僅集中於產品，但近年來卻擴張到政策領域。美國以及歐盟等先進國不再僅考慮商品價格，還針對中國的補助金政策、外商投資留置政策、經濟特區政策、中西部開發政策及匯率政策等方面都加強施壓。

有些看法認爲假如各國對中國產品加強施壓，使貿易磨擦尖銳化起來，會使韓國在海外市場漁翁得利。不過實際上已超過一萬家的投資中國的韓國企業也可能因而受害，所以這對韓國來說是極爲棘手的案件，因爲投資中國的韓國企業都貼上「Made in China」進入海外市場。韓國除了應該對韓國產品的海外進口規約極力注意之外，也必須加強關切以中國爲中心而發生的貿易戰爭。

嚴重的能源危機及原材料危機

中國具有不符合「世界的工廠」名聲的脆弱能源結構。根據中國國家發展和改革委員會的資料，二〇〇三年主要能源生產量爲十三億九千萬噸，其中煤最多，佔百分之七十・七，原油和天然氣、水力分別佔百分之十七・二、百分之三・二、百分之八・九。能源消費量比產量還多，爲十四億八千萬噸，依序爲煤（百分之六十六・一）、原油（百分之二十三・四）、水力（百分之七・八）、天然氣（百分之二・七）。整體上來看，能源平均利用率百分之三十二，比先進國低約百分之十，而下一世代的替代能源——風力資源利用率僅爲百分之〇・〇五。能源問題逐漸成爲中國經濟持續發展時必須解決的核心課題，因此中國自一九八〇年代起同時推動開發及節約的能源政策，但自二〇〇四年開始偏重於節約。

近來在產業現場體驗的最大痛苦就是電力不足。全國受電力不足之苦的都市，從二〇〇二年的十二個，二〇〇三年的二十三個，到了二〇〇四年增加爲二十四個都市。東北地區情況算還好，但如浙江省、山西省、寧夏自治區等地的電力負荷率超過百分之九十三，已遠超過正常水準（百分之八十二至八十五）。山東省和山西省是供給火力發電的煤不夠，華東地區則因水力不足而受苦。尤其是全國電力不足的分量（三千萬千瓦）中一半以上聚集於華東地區，使得上海市區各處貼上鼓勵節電運動的海報。

隨著電力不足問題加重，部分地區依時段而限制送電率的情形多達百分之九十，使得工廠因不預期的停電而不得不實施週中休假制。電力不足的現象在冬天時仍然持續，這一點就明顯告訴我們問題的嚴重性。

電力不足的原因在於急速產業化的過程中增加了電力使用量，但設備投資率很低。二〇〇〇年以後的三年期間，電力使用量各年度增加率分別爲百分之九・〇三、百分之十一・六、百分之十五・四，但設備投資的增加率各年度僅分別爲百分之六・八八、百分之六、百分之八・三九，因此中國傾全力由國家發展和改革委員會主導而擴大電力設備投資。發展和改革委員會經濟研究所計畫自二〇〇四年到二〇〇八年，把電力投資增加率每年提高到百分之三十五。根據預估，如果從二〇〇五年起新發電廠陸續運作，大概到了二〇〇七年左右時能夠解決電力不足問題。問題是在那之前，近年來爲了解決電力不足過度的設備投資，反令人擔憂二〇〇七年以後供給過剩的現象。

原油也是棘手的問題。中國雖是產油國，但原油進口依賴度高達百分之三十。政府因顧慮物價等因素而盡力抑制油價漲幅，不過國際油價一直不穩定，因此不知道還能支撐多久。國家主席胡錦濤、總理溫家寶等國家最高領導人拜訪資源豐富的國家時便展開能源外交活動，且積極參與海外資源開發事業，但在短時間內要獲得可觀成果仍然很難。

在這種情況下，由於近年來汽車產業的急速成長，使得擁有車輛數從二〇〇二年的二千萬輛，到二〇〇五年增加為三千萬輛，因而加重原油消耗壓力。根據中國汽車技術研究中心的資料，目前道路交通部門的原油消耗比重為百分之三十，但據了解，不久後將擴大為百分之六十。還有因車輛老舊而使每公里的耗油量比先進國家多百分之二十以上，也是值得注意的問題。這代表說，中國將擴大消費燃料效率高或使用替代燃料的車輛。

二〇〇四年春季，驚動世界的原材料不足事件，其主要原因在於國際原油價格不穩以及中國的搶購屯積。不過中國並不是為了一時的供需不均衡而集中買進原材料，乃是因經濟急速成長引起的結構上需求量遽增，由此觀之，國際原材料價格隨時再度恢復不穩定。中國政府二〇〇四年時改採緊縮政策，原材料不足問題也隨之稍微緩和，但將來預定執行的奧運、世博會等超大型計畫，則成為無關乎緊縮政策而會無限擴大原材料需求的變數。

原材料價格一直不斷上漲，中國企業對此從兩方面應對。第一是減產，但根據很多人的看法，中國國內企業間嚴重競爭下長期降低生產量，可能會因而被迫退出市場，所以這只是一時的方法。另一種方法是製造成品的企業保持原來的售價，但把生產費用上漲的部分轉嫁給零件合作企業。這種方法使進入中國的韓國零件企業隨時都可能受到打擊，要格外注意。

十種商品中有七種供給過剩

因爲消費量跟不上生產量的供需不均衡的緣故，中國現在正與庫存貨品展開戰爭。根據中國商務部發表二〇〇四年下半年度主要商品供需動向顯示，共六百種樣本調查項目中百分之七十四．三（四百四十六種）產品的供給超過需求。需求與供給均衡的項目有一百五十四種，僅佔百分之二十五．七，至於需求超過供給的項目則一種都沒有。供需均衡項目的比例比上半年增加百分之二．七，供給超過的項目降低百分之二．七，但與消費者生活有密切關係的產品，供給超過的比例高達百分之八十四。從二〇〇三年開始降低了供給超過比例，供需均衡項目則在增加，但是市場上嚴重的供需不均衡現象卻根本沒有解決。

供給過剩必然產生庫存累積，由此連帶造成過度的價格競爭。中國家電企業「美的」二〇〇四年第一季時，微波爐的出口量和內銷量合計共一百三十萬台，但三個月期間的利潤僅有四百萬元人民幣，也就是說售出一台所剩的營業利潤僅有三元人民幣而已。被稱爲世界最大微波爐生產業的「格蘭仕」，在廣西自治區南寧展開售價四百八十八元人民幣的微波爐還送贈品的「零利潤」活動。目前微波爐價格低到極限，依品牌和式樣，在一般零售商以三百至四百元人民幣，在網路商店以最低二百四十八元人民幣左右即可購買一台。這是業界爲了降低庫存率並提升市場佔有率，而甘於忍受過度出血的結果。

數年前以彩色電視起頭的價格競爭，看來即將擴張到目前韓國企業積極宣傳中的行動電話。行動電話由於一直不斷生產新產品以及價格下降，所以到目前爲止還沒有出現供過於求的現象。二〇〇四年上半年，中國國內四十家生產業者生產的手機量共有一億六百萬台，減掉新加入的購買顧客三千五百三十三萬名，以及出口六千二百一十七萬台，可以推算出尙有八百五十萬台的庫存。近年來行動電話業界爲戰略型合作而積極起來，其中試圖透過開拓國內外新市場而降低庫存量的目的也扮演了一個角色。但是生產業界卻沒有任何動向進行產量調整，因此行動電話市場的飽和狀態不容易稀釋。加上萬一海外的反傾銷控訴等而導致出口受影響的話，行動電話業界可能因而陷入如家電業界所經歷的嚴重價格暴跌競爭。

中國雖然保持年平均百分之八至九的高度經濟成長率，並擁有無限的市場潛力，但卻不能把它直接視爲市場的消費力。因爲中國剛剛才越過絕對貧窮階段後，立刻面臨供需不均衡的問題。雖然工廠大量生產商品，但沒有足夠的消費來加以平衡，因而產生累積庫存。

韓國的輸出業界和投資企業，應該隨時依項目別檢驗市場的供需動向，而適切調控生產量，並且不以單純的價格競爭，應以差別化的行銷策略來確保利潤。

三、假日經濟的亮麗與隱憂

假日多，經濟才會運轉

所謂假日經濟是指在長期連假時出現的獨特經濟現象。由於人們趁著長假去旅遊和購物等而增加消費，進而帶動景氣好轉。換言之，假日多，經濟才會順利運轉。

中國指稱的「假日經濟」，原本是中國政府在全球性景氣低迷中，為了活絡內需景氣，自一九九九年開始積極運用。縱觀目前世界各國，都沒有像中國一樣積極運作假日經濟的國家。中國人在春節（農曆一月一日）、勞動節（國曆五月一日）及國慶日（國曆十月一日）各有一星期以上的長假連休。再加上一九九五年五月一日起實施的週休二日制，每週六也成為假日，於是一年三百六十五天中約三分之一的一百二十天是假日。在韓國，為了實施週休二日制而出現贊反兩論對立的情形，對照起來，中國因政府的決定而已定位為假日經濟系統，不但國家經營戰略大方，而且人民也在休息時盡情休息。

以經濟學說明景氣不振的原因和對策時，有個故事常被拿來引用。一九七八年美國發表的〈通貨理論和國會山莊看顧孩子合作社的大危機〉（Monetary Theory and the Great Capital Hill Baby-sitting Co-op Crist）的文章，對了解中國的假日經濟處方很有幫助。

所謂「國會山莊看顧孩子合作社」（以下簡稱看顧孩子合作社），是一九七〇年代任職於美國國會的一百五十對年輕夫妻，以互相照顧小孩爲目的而組成的合作社。合作社成員外出時需支付「看顧券」把自己的小孩托給另一對夫妻照顧。剛實施時成員爭先恐後地把小孩托管後外出，但成員發現隨時間流逝，「看顧券」越來越少。於是他們忍住隨意外出的機會，爲了爭取以後有更充裕的外出時間而捨不得支出「看顧券」。結果托管小孩的成員因此減少（支出），想要照顧小孩的成員增加（儲蓄），使得「看顧券」的流通量急速減少。「看顧孩子合作社」因而失去了原來的功能，且陷於經濟不振。經濟不振的原因在於成員只管儲蓄「看顧券」（現金），不消費「看顧孩子」（財貨）。「看顧孩子合作社」爲了挽救經濟不振，而考慮增加「看顧券」的發行量（擴大中央銀行的通貨供給量），但預估可能過一段時間後會再度恢復原狀，沒有多大的效果。最後合作社採取了非常簡單而令人意外的處方：設下了一項強制性規定，所有成員每月至少外出兩次以上。外出次數增加，「看顧券」的流通量也隨之增加，且「看顧孩子」的機會也增加了。合作社的對策因爲增加外出次數，挽救了經濟不振，這算是假日效應的典型例子，也與中國的假日經濟處方一脈相通。

之前的中國經濟由於消費總是跟不上生產，因而一直處於供需失衡的狀態。沿海地區及內陸地區的所得落差固然有問題，但連有錢人也不花錢更成了另一種頭痛的問題。隨著深化改革開放，由國家負責個人一切的時代消失了，由此引發「克制消費、為了將來要儲蓄更多」的心理作用，導致該迴轉的金錢不迴轉。雖有持續的高度經濟成長率，但問題的嚴重性在於儲蓄增加率遠超過經濟成長率。以上海為例，一九九五年儲蓄存款餘額為一千三百九十六億元人民幣（一百六十九億美元），到了二〇〇四年增加為六千九百六十一億元人民幣（八百四十三億美元），也就是說九年間竟增加了五倍。以二〇〇四年當年推算，每人平均儲蓄額為五萬二千元人民幣。

假日經濟的處方被評價為透過刺激消費，多少解除了中國經濟痼疾的供給過剩，而這也是最重要的內需政策。以二〇〇四年國慶連假期間（十月一日～七日）為例，從主要城市裡溢滿的旅客浪潮便可充分了解其威力。據了解，全國總計一億人次以上不是回老家而是純粹旅遊。根據中國媒體報導，北京、上海、廣州、深圳、天津等五大城市便聚集了二千萬名遊客，創下了消費高潮。還有全中國九十九處觀光區聚集了一千三百萬名旅客，僅入場費收入便多達四億三千萬元人民幣（約五千二百〇六萬美元）。根據中國商務部公報室總計，二〇〇五年春節連假（二月九日～十五日）期間，全國零售市場營收高達一千六百億元人民幣

（一百九十三億美元），比前一年同一期增加了百分之十六。假日經濟如此明顯地表露集中型消費效應，把它當做了解中國消費市場的關鍵詞絕不誇張。

回顧起來，中國剛實施假日經濟系統時，韓國只爲中國會不會眞的堅決執行人民幣貶值而豎起觸角，等到度過「貨幣貶值說」時期後，則只關切其高度的經濟成長率，卻忽視了中國的政策選擇。無論企業或群體都不看政策的背面，只以表面露出的形象來判斷中國，因而犯下錯誤。假如當時能看到政策的背面，企業爲此設計符合假日經濟的事業體制並進行投資，便能夠獲得大利潤，群體也因而能夠更正確判斷中國經濟的眞相。

副作用也不輕

假日經濟效應的背面逐漸產生後遺症——黃金週綜合症候群，由於暴飲暴食而打亂了生活規律。以上海一家大學附屬醫院爲例，在連續假期間，一天平均有一千名以上病人因拉肚子或肚子痛而找上急診科。還有由於到處跑來跑去的緣故，兒童感冒病患人數也比平常增加百分之二十以上。部分企業的連假不只七天，甚至連續休息十天以上，因此假期結束後，怎麼也沒辦法進入工作而造成心理問題的人相當多。此外，長期連假制本身引起的副作用嚴重程度也不輸給後遺症。

由於在連續假期間，旅遊需求比平常多出數倍，因此到處發生嚴重的交通阻塞。業者不想錯失大好機會而以奸詐手段大幅調高旅行經費，但旅遊品質卻掉到谷底，因而引起消費者一連串的不滿。不過旅遊業界心裡也同樣覺得不那麼舒服，因爲每次連假一結束，營業額一定會變成倒栽蔥。有些人指責說，爲了挽回後續的不景氣，自然使得商業騙術層出不窮。從國家觀光資源利用的觀點來說，則造成極爲嚴重的不均衡現象。

還有更大的問題，勞工以連假回家爲藉口不再回來上班，或者轉移另一家薪資更高的工廠等例子陸續發生，產業現場因而陷入極爲嚴重的人力不足，對生產現場產生負面影響。在推行長期連假制時，部分學者曾提出這些問題，但近年來其擔憂的情況更加明顯，尤其中國最大輕工業中心廣東省珠江三角洲一帶更嚴重。有些工廠還提出條件，如果在連假期間上班，會支付平常四倍的工資企圖利誘勞工，即使如此，如深圳等城市的人力流失率仍暴增百分之二十。雖然是十三億人口大國的中國，卻在生產現場因找不到人手而著急。

面對實施第七年的長期連假制陸續出現如上述的後遺症及副作用，各界發出了要求改善制度的聲浪：有些主張說，將現行對全國人民一律適用的長期連假，改爲連繫勞動契約的個人年中留薪休假制；有些方案說，減少勞動節及國慶日的假日數，而把中秋節及端午節定爲假日①。這幾個對策的共同點都是保持假日數但分散其時期。不過這些提案及討論會不會立刻被採用？以目前情形來說是微乎其微。因爲如此一來，就違背當初藉由長期集中連假，而獲取消費效應的政策目標。

假日經濟雖有後遺症及副作用，但仍是中國政府爲了促進消費而不得不忍受的最符合現實的政策。

注釋：

①中國大陸清明節、中秋節、端午節不放假。

四、越來越煩惱的美金富翁

堆積如山的美金

二〇〇四年十二月底，中國的外匯存底爲六千零九十九億三千二百萬美元，比一年前增加了二千零六十六億八千一百萬美元。每天平均外匯存底增加額在二〇〇三年時爲三億美元，到了二〇〇四年時跳升爲五億六千六百二十五萬美元。竟有一疊一疊的美金鈔票在中國堆積如山。假如往後仍持續今日的增加趨勢，中國可能即將甩掉日本而成爲世界最大的外匯存底國。

中國的外匯存底多達外債的二倍以上，顯現出在其他國家找不到類似例子的健全性。穆迪投資服務公司（Moody's Investors Service）等國際信用評等機關，將中國的國家信用等級一直往上設定的原因，在於每年五百億美元以上流入的外商直接投資與龐大的外匯存底金額。因此中國越來越遠離因爲缺錢而付不起對外支付等國家跳票事件。

因美元疲弱引起的外匯存底困境

但有個問題，就是中國的外匯存底以異乎尋常的速度持續暴漲。外匯存底中美元佔了百分之七十以上的高比例，然而根據預測，最近美元暴跌的趨勢可能往後仍會持續八年，中國因而陷入「外匯存底困境」的新煩惱。有一陣子代表國力象徵的外匯存底，如今竟變成煩惱之物。

要解決美元問題的最普遍方案有兩種。利用美元疲弱時期買入更多美元，或降低美元在外匯存底中的比例，以使通貨構成多樣化。不過，這兩者皆不是中國樂意選擇的對策。因爲假如買入更多美元，可能會因而帶來更多困境；相反地，使通貨構成更多樣，最後結果可能更惡化美元的弱勢，使得中國的損失更大。

部分國家要求以歐元取代美元作爲支付準備通貨。歐元通貨圈國家向亞洲國家高喊「Buy Euro（請買歐元）」。不過考慮歐洲國家的財政赤字及景氣狀況，可能數年後歐元也會像現在的美元一樣轉爲弱勢，因此先不要馬上接受爲上策。

外匯存底在以前的固定匯率制中扮演了重要的均衡者角色，但自一九七〇年代以後，世界各國陸續採用變動匯率制，情況也隨之大爲改變。換言之，辛苦儲蓄的美元搞不好會被折扣成一半。從另一觀點來看，外匯存底對於生產少數商品的國家而言，可以對世界市場不確定性價格變動作適切的應對，因而成爲非常重要的政策工具。不過對已經成長爲製造業中心兼貿易大國的中國來說，現實上根本不適合。

二〇〇四年上半年，中國雖然短暫經歷貿易赤字時期，但基本結構上是有可能產生巨額貿易黑字的。在這樣的情況下，如果只是繼續不斷增加外匯存底，相對地人民幣升值壓力變大，如此一來，便不再是一件值得拍手叫好的事了。所以需要有一個將外匯存底降低爲適當水平的措施，但也不能單純地把外匯存底作單獨的考量，中國的難題在於也應該一併考慮人民幣的匯率問題。

大量流入的熱錢是否為真

外匯存底遽增的原因之一，指向熱錢（短期投機性資金）的大量流入。根據中國新華社的報導，近來每年流入三百至四百億美元左右的熱錢，估計香港金融界已有一千億美元以上的投機資金流入中國。

熱錢的流入反映市場對人民幣升值的期待心理。眾投機勢力先把美元兌換人民幣後，邊投資股票、期貨、債劵，邊等待機會，等到貨幣升值時再兌換美元，而獲取人民幣升值幅度相當的匯差利益。將人民幣幣値盯住美元的中國人民銀行（中央銀行）爲了維持匯率，等美元進入時，會把人民幣放入市場，以便吸收美元，然而在這過程中會急速增加外匯存底。如果大量熱錢流入，會鼓舞景氣過熱，且資產價格也會急速上升。相反地，當熱錢被推到門外時，會給國家經濟與金融系統造成致命性打擊。一九九七年亞洲外匯危機，以及一九九八年國際對沖基金（**hedge fund**）①攻擊港幣就是其典型例子。

看著熱錢大量流入，不禁令人產生以下幾點疑問。在外匯管理嚴格的中國，熱錢爲何能輕易流入？熱錢經由什麼樣的管道流入中國？實際上流入的熱錢眞的多達一千億美元嗎？

據多數人的看法，熱錢的規模是將一定期間內的外匯存底增加金額，減掉貿易收支（出口與進口之差額）與外商直接投資的增加金額所得的金額。以二〇〇三年爲例，當年增加的外匯存底爲一千一百六十八億美元，出口四千三百八十五億美元、進口四千一百三十一億美元，貿易收支記錄了二百五十四億美元黑字；至於外商直接投資以實收標準（實際上到達中國的金額）來算，多達五百三十五億美元，貿易收支和外商直接投資增加金額總計爲七百八十九億美元。依此計算，難道外匯存底增加金額（一千一百六十八億美元）減掉貿易收支和外商直接投資增加金額（七百八十九億美元）所得的金額（三百七十九億美元）全部都是流入中國的熱錢嗎？

在上述的分析中，必須先仔細觀察「國際收支表」[2]上的錯誤與遺漏（Errors and Omission：E&O）。中國國際收支表上的E&O，在二〇〇一年之前的十餘年間一直都是負數，但從二〇〇二年起轉爲正數。有些專家對此評論說，本來流失於海外的資金漸漸回到中國。乍聽起來會覺得是在人民幣升值壓力逐漸提高的情況下，造成資金的回流。

但是在此一定要認清，國際收支表上的E&O並不屬於「純粹統計」。國際收支表中的經常收支（貿易收支、貿易外收支、移轉收支）、資本收支（投資收支、其他資本收支）、金融收支（金融收入與金融費用的差額）之總計，不一定與外匯存底的變動幅度一致。有時制訂國際收支表的基本統計數値的來源和時空都不相同，而且通貨金融機構以外保留的對外資產和對外負債也沒辦法正確掌握。由於此一緣故，如果結算所有帳目後發生差額時，通常依慣例將其差額處理爲E&O。當然，在一般企業會計上是不承認的帳目。而在各國國際收支統計上，假如E&O在貿易收入的百分之五以內的話，會承認它爲正常，這也算是一般的處理方式。換句話說，其實E&O在一定範圍內，不管是正數或是負數，都沒有多大意義。

那麼，E&O從二〇〇二年起「反轉」爲正數，以及二〇〇三年一年中外匯存底的「增加幅度」遠比「貿易收支和外商直接投資增加幅度」的總計多，難道這些金額都應被當作熱錢？

中國的外匯管理屬於在極有限範圍內容許的正面表列系統（positive system），所以非常嚴格。由於如此，雖然在貿易交易結算的經常帳目（國際收支表上的貿易交易、貿易外交易、移轉交易）上允許人民幣和外幣的兌換，但是在資本帳目（國際收支表上的投資及其他資本交易）上的兌換卻嚴格限制。還有一個不可以把外匯存底增加金額減掉貿易收支和外商直接投資增加金額所得到的金額當作熱錢的原因：因爲海關總計的貿易收支和經常收支內的商品收支（商品進出口的收支）並不一致。實際上二〇〇二年時海關總計的貿易收支爲三百零三億五千三百萬美元，國際收支表上的商品收支則記錄了四百四十一億六千六百五十七萬美元。爲什麼會發生這種現象？

企業在進口時因利息差額和對未來匯率變動的期待等因素，而決定以各種不同方式支付進口費用。有時不經銀行用人民幣購買美元，也可以支付進口費用，因而成爲在商品收支上降低外匯需求的因素。相同地，出口時由於透過多種方法企圖縮短出口費用的結算流程，而提早外匯進口時間，因此顯示出商品收支金額遠比貿易收支更大的結果。

目前美元的貸款利息比人民幣的貸款利息低，所以企業正設法增多外匯貸款。尤其是佔中國出口百分之五十以上的外商投資企業，均不以人民幣買入美元。隨著一九九七年亞洲外匯危機以來對人民幣貶值的憂慮逐漸淡薄，使得越來越多企業企圖透過外匯貸款來支付進口費用，此外也有些企業將以前置之海外的資金急忙回收。企業因爲顧慮到利息等問題，彈性調整外匯進口、支出方法及其速度，使得金額差距也可能隨它而變動。也就是說，僅以投機爲目的而短時間流入的熱錢，很難算出其正確的規模。

熱錢仍然是燙手山芋

即使有上述的問題，中國仍以銳利的眼光注視熱錢，因爲無論如何限制外匯，仍有很多管道可以流入。譬如，將出口商品的價格設定高於實際價格，或假借貿易契約經由合格的境外機構投資者（Qualified Foreign Institutional Investor：QFII，外國專業機構投資者透過境外機構，以提出條件而持有中國A股市場股票的制度）而流入中國股市等，都是其流入的方法（上海及深圳的中國股市分爲A股和B股。A股以人民幣交易；B股則分別在上海以美元，在深圳以港幣交易）。

熱錢進入不動產而能獲利的地區，包括以北京爲中心的首都圈地區、以上海爲中心的長江三角洲經濟圈、廣東省的珠江三角洲經濟圈等。據專家們判斷，其中長江三角洲最容易顯露出投機勢力。此地區的不動產價格不受自二〇〇四年上半年開始的不動產過熱管制措施影響，而仍持續上升。雖然中國目前還沒有全國性不動產泡沫化現象，但對貨幣升值的期待感卻成爲不安的因素。假如貨幣升值心理繼續下去，會煽動覬覦匯市利益的外國資本不動產投機熱，因而可能使得不動產泡沫化現象擴張至全國。

中國早就把一九八五年的「廣場協定」當作不可輕易跟進的教訓。日本簽訂該協定後十年期間，日幣匯率年平均升值了百分之五．二。日幣匯率自一九七一年的三百六十日圓(¥)跌落至一百一十日圓以下，日本因通貨政策不順，使得整體經濟喪失了活力，最後掉進了通貨陷阱（currency trap：假如日本爲了使經濟上揚而增加通貨量，日幣因而貶值，會進一步面臨亞洲國家的強烈抗拒，反而產生負效果）。日幣的大幅升值使得日本的地價比美國的地價還高，東京地價與一九五〇年相比漲了一萬倍，鬧區則自一九八六年到一九八九年的三年期間暴漲了二．七倍。薪資也跟著暴漲，隨後股市和不動產市場的泡沫消失了，日本因而深陷於泥沼中。

中國爲了不重蹈日本的覆轍，已經著手政策上的調整。譬如，人民銀行提高了商業銀行的支付準備率，以及擴大了人民幣的貸款利息上限值等爲其代表性例子。QFII的缺點在於實施後仍有可能成爲熱錢的流入管道，但中國不會像日本一樣運作人爲的貨幣升值，而是把制度的全面改善設定爲政策的基調。

剛實施QFII時，海外對它的反映很冷淡。隨後由於中國漸進式履行資本自由化，以及對股市的興旺和人民幣升值的期待心理增強，使得短期投資性質的國際資金大舉聚集於中國。根據國務院發展研究中心的資料，流入中國A股市場的資金規模早已超過了一千億元人民幣（約一百二十一億美元）。據了解，獲得QFII資格的十餘家銀行中，部分銀行已經用盡外匯管理局允許的所有投資額後，相繼申請追加上限配額。

匯率、熱錢和股市之間的關係，連結成「貨幣升值的期待→流入熱錢→股市熱潮→熱錢追加流入→擴大貨幣升值壓力」。許多人指責說，中國股市一直不符合經濟成長趨勢，拿不出力量。從中國經濟的特性上來看，目前股市的角色微弱，還不能當作經濟的測量指標，但如果股市長期低迷不振的話，對經濟發展絕對沒有好處。不過假如現在立刻實施股市活性化，一不小心就會變成拓寬了熱錢進來的通路，看來往後一段期間裡，股市仍會在有限的範圍內發展。

近來亞洲國家正爲處理激增的外匯存底問題而煩惱，但中國應該比其他亞洲圈國家還要更注意。因爲外匯存底與熱錢、人民幣匯率等錯綜複雜，絕不單純，所以在擬訂政策上進退維谷，形成極大的問題。

注釋：

①對沖基金以買進被低估股票、放空被高估股票爲操作策略，運用多樣的投資技巧，降低市場衝擊，並以絕對正報酬爲終極目標。

②「國際收支表」中顯示本國財貨勞務或資金的流出，以及外國財貨勞務或資金的流入。

五、來不及年輕便開始老化的中國

四處響起的高齡化警報

到了二〇四〇年，中國老人人口將多達四億名，其中一億名年齡爲八十歲以上。由於一戶一子女政策，使得勞動人口減低爲百分之三十，因而即將出現由一名子女扶養父母兩人或祖父母四人的「四—二—一」狀況。

美國國際戰略問題研究所（Centre for Strategic and International Studies：CSIS）的〈中國人口展望報告書〉眞是令人震驚。剛剛才超過每人GDP一千美元的中國，竟然尚未經歷青年期便已進入老化的階段。

高齡化衝擊的警訊也在中國內部傳出。中國社會科學院在二〇〇四年六月發表的〈人口與勞動問題報告〉裡警告說：「中國將是繼日本之後又一個人口老齡化速度極快的國家。」問題並不在於高齡化本身，而在於中國不同於先進國家，它在社會經濟基礎仍然脆弱的狀態下便面臨高齡化社會。即使預計在二〇二〇年時要達到全民小康生活階段，但也憂心對此目標會產生負面影響。

據預估，中國政府自二〇〇〇年到二〇二七年止，六十五歲以上人口從一億名增加爲二億名，每年有四百萬人加入老人隊伍。如此一來，老人人口的比例將達到百分之十四。二〇二八年到二〇三六年止的長期展望更是悲觀。在此時期，老人人口每年增加爲一千萬名左右，因而產生三億名老人，等於每五個人民中有一名是老人。

清華大學經濟學系胡鞍鋼教授警告說：「找出如何應對一個發展水準較低的老齡社會的辦法，是中國在本世紀面臨的最大挑戰。」人口及計畫生育委員會主任張維慶則表示：已經達到極限。

阻礙國家發展的高齡化問題

二〇〇五年一月六日，中國人口正式突破了十三億人，全世界人口的五分之一住在中國，每年增加一千萬人口，等於每四至五年誕生的人口數與韓國總人口一樣。

以前中國的人口問題主要聚焦於「會增加到多少人」。專家評估，過去三十多年間實施一戶一胎化政策，人口的暴增趨勢已進入可控制的階段。依據中國國家統計局的長期預測，到了二〇一〇年再增加六千萬人，總計爲十三億六千萬名，到了二〇二〇年總計爲十四億三千萬名，到了二〇三二年總計爲十四億七千萬名，由此而達到頂點。依據世界人口學家的觀察，中國人口會無限制增加的預測已經消失。不過人口無限制膨脹的憂懼一消失，立即跟隨而來的就是高齡化的衝擊。

年輕階層逐漸減少，老人越來越增加，使得少數人扶養多數人。進入高齡化社會之後，由國家、社會和家庭支付的養老費用增加，隨之青壯年層的負擔也增加，使得社會總投資減少，最後阻礙了國民經濟的健全發展。然而養老金的不足現象早已出現，雖然以全國來看，約百分之八十五的離職者和退休者受惠於養老金，但若僅以在都市工作的人來看，其受惠比例不到百分之四十五。

中國目前十五歲至五十九歲間可以工作的年齡層，佔全人口的百分之六十七，但如果今後老人人口急遽增加的話，政府不得不盡快執行稅收追繳及特別基金管理。尤其因爲離農現象①的加速化，農村地區的家庭可能不再具有養老保障的機能，因此如果只是單純地推行增進農村所得等政策，就會馬上碰壁。人口學家們警告，趁高齡化達到頂點的二十至三十年前，由國家、社會和家庭預先準備養老保障系統。也就是說，高齡化已經不是未來的問題，而是現實問題且已擺在眼前。即使如此，中國預備的東西卻不多。

中國進入高齡化社會不等於銀髮族產業的機會

將來中國變成高齡化社會，金融服務業和醫療保健產業隨之成爲特殊業種。以壽險產業爲例，依相關業界預估，到了二〇〇八年止，會形成每年一千億美元以上的市場，到時候其規模比德國還大。醫療業界雖然也對銀髮族市場有所期待，但必須考慮一點，中國進入高齡化社會和銀髮族產業不一定以相同的速度成長。一般來說，先進國家的高齡化社會是在國內生產毛額超過一萬美元而自然形成，但在中國，從其十分之一的一千美元階段時就開始擔憂社會老化，並且還要考慮另一個問題，就是自一九九〇年代後半期開始，中國人的消費增加率跟不上所得增加率。

銀髮族產業要大力崛起，需要兩個前提條件。其一，就是老年層自己具備充分的經濟能力；（要不然）其二，由具有經濟能力但日漸減少的青壯年層扶養日漸增多的老年層。但是，中國不但老年層的經濟能力不穩，青壯年層的扶養能力也不足。

如果政府不大幅擴充養老金，將來很多中產階層家庭的老人必須依賴沒有多少錢的退休金，如此一來，陸續領取儲蓄的錢來用，消費支出的不確定性也隨之增大。

即使口袋飽滿的青壯年層也沒有多大保障。中國新興的中產階層大多是沒有子女的三十來歲年輕夫妻，他們藉經濟上的因素爲由而延後生育的年齡，結果奉養父母的時期和爲子女花錢的時期重疊，因而他們要當老人的監護人是相當吃力的。雖然是延後生育而且夫妻都工作的雙薪家庭，但實際上的消費力還是有限。

還有另一因素。目前居住都市地區的二十至三十九歲青年層，是製造業及建築業的主力群，到目前爲止這些業種一直是中國經濟發展的原動力。可是二十至三十九歲人口的比例在二十年前時是百分之二十九，到了二〇〇二年時增加爲百分之三十四，但如今已經開始出現減少趨勢。也就是說，製造業界正面臨低廉又年輕的人力資源不足的問題。雖然也有些樂觀的看法，認爲如果農村人口急速流入都市的話，人力不足的問題會因而緩和，但是不能保證其效果。將來各地方政府將致力於外地勞動人力的供應，這樣一來，將成爲政府及企業費用增加的因素。

中國人的平均壽命，一九八〇年時爲六十八歲，到了二〇〇二年時提高爲七十二歲。由此而來的人口增加，雖然短期內帶動消費活躍，但如果不緊急安排高齡化對策，以長期來說，會面臨所得比消費力相對減少的狀態。

有些人主張，由於高齡化問題的起源在於一胎化政策，所以應放鬆維持了三十年的生育限制措施。不過假如放鬆生育限制措施，容許二胎化時，一不小心就會被視爲是在鼓勵生育，因而可能產生人口暴增的情況，因此在短期內採納它做爲政策的可能性不大。因爲人口暴增一定會讓已夠嚴重的失業問題雪上加霜，而且雖然中國人口數爲全世界的五分之一，但耕地面積卻只佔世界全部耕地面積的百分之七而已，將面臨國家內部安定遭到威脅的處境。

看來，中國早日整編養老保障系統，以便使老年層自己具有穩定的經濟能力，才是符合現實的對策。

而韓國企業不應過分期待高齡化社會等於銀髮產業崛起，應該適切掌握人口結構變換過程中出現的個別變化，才是聰明的作法。此外也需要努力把中國政府即將提出的高齡化對策，轉化爲自己的事業機會。

注釋：

①「離農」就是輔導年老或不適合務農者在適當時機退休或轉業，使農業人口年輕化，進而提高農業生產力。

六、橡皮筋統計，下降的國家信賴度

不可靠的中國橡皮筋統計

很多人說中國發表的統計數字總令人覺得不可靠。假如問人家：「你相信中國的統計數字嗎？」保證十人中有九人會回答：「很難相信。」實際上無論是以商業或研究爲目的，會發現每件統計資料依資料來源的不同而有各種不同的數據。由於「每次都不同」的感覺而引申出了「橡皮筋統計」此一名詞。

通常企業進入市場之前最先蒐集的就是經濟統計。如果經濟統計的正確性及可信度有問題的話，在擬訂策略的最初階段就會造成大偏差，進一步導致判斷錯誤，因而對事業成果造成決定性的負面影響。

橡皮筋統計在過去的時代並不成爲大問題，但自從中國經濟的國際地位逐漸提升，隨之成爲全世界關心之事。對身爲WTO會員國已經數年的中國來說，無論用什麼樣的形式，這個問題非得講明白不可。不管是不是故意，有些數據包含了許多泡沫，使可信度降低，有些數據的統計方法與先進國家不同，或反映出在其他國家很難找到只屬於中國的特殊性。從以下的例子便可看出，對於相同對象也會出現顯然不同的統計數據。

因統計而擴大的美中貿易赤字爭議

由於低廉的中國產品進入美國市場，美國對中國的貿易赤字明顯增加，而且因而剝奪了美國人的工作機會，於是美國強烈要求中國消除貿易不均衡。雖然美國對中國的貿易赤字日益擴大而引起的不滿並不是一兩天的事，但仔細觀察，便覺得兩國似乎是在爲統計方法而爭論不休。

單純地想，雖然中國的對美貿易黑字額和美國的對中貿易赤字額不可能相同，但至少要接近，不過實際上兩國間貿易統計的差距眞是太大了。據中國商務部發表的近來對美貿易黑字爲四百二十七億三千一百萬美元（二〇〇二年）、五百八十六億二千七百萬美元（二〇〇三年）、八百零三億二千萬美元（二〇〇四年）。然而據同一期間美國商務部的統計，美國對中國的貿易赤字分別爲一千零三十一億一千五百萬美元（二〇〇二年）、一千二百三十九億六千一百萬美元（二〇〇三年）、一千六百一十九億七千八百萬美元（二〇〇四年）。

由於兩國各自以本國的統計爲標準，因此美國以貿易赤字太驚人爲藉口壓迫中國，而中國則堅稱貿易不均衡並不那麼嚴重。那麼，中國和美國的貿易數字每年如此相差兩倍以上的原因到底是什麼？事實上並不是單純地因爲中國方面的統計可信度低。我們可以從兩個角度來看此一問題。

第一，出口國和進口國的統計方式各自不同。依照國際慣例，出口統計應以離岸價格（Free On Board：FOB）①，進口統計應以含運費及保險費在內的到岸價格（Cost, Insurance & Freight：CIF）爲原則，因此進口國的統計值比出口國的統計值至少多出百分之十以上。美國對中國的入超（進口多於出口）金額越大，以及美國國內物流費用越高，都會使得兩國之間的貿易統計數值相差越大。

第二，透過香港或第三國的對美再出口（re-export）也是因素之一。例如，中國對香港出口及對美出口是分開統計，但到達香港的出口產品中，一部分經由香港仲介商而再出口到美國。然而做爲進口國的美國，無論原產地是不是中國，凡是直接來自中國的進口貨或經由香港的進口貨，全都總計爲中國的進口貨。香港僅在二〇〇四年一年間就有三百五十四億六千三百萬美元的中國產品再出口到美國。相反地，同一年美國產品經由香港進入中國的僅有五十七億七千八百萬美元而已。香港以外的其他地區也能統計到對美國（或對中國）的再出口業績。就大部分的再出口而言，中國產品經由第三國輸往美國的費用，遠比美國產品經由第三國而到達中國的費用還多，這是美國對中國貿易赤字擴大的另一種結構因素。

這樣的問題同樣也發生在韓國與中國之間。據韓國關稅局統計，二〇〇三年時對中國貿易收支，各記錄爲六十三億五千四百萬美元及一百三十二億一百萬美元的黑字，到了二〇〇四年時更達到二百零一億七千八百萬美元。但根據中國在相同期間的統計，中國對韓國的貿易收支赤字逐漸大幅增加，各記錄爲一百三十億七千三百萬美元（二〇〇二年）、二百三十億五千六百萬美元（二〇〇三年）、三百四十三億五千七百萬美元（二〇〇四年）。

目前雖然稍微溫和一些，但中國政府每隔一段日子，就向韓國大聲要求改善貿易失衡問題，也是以中國的統計爲根據而引起的。對於與其他主要貿易國的交易中大都記錄黑字的中國來說，唯獨與韓國的貿易上出現越來越大的赤字，可眞是眼中釘吧。不過，中國對美國以出口者的立場理論；而對韓國卻又以進口者的立場提出要求，的確是一種矛盾。

貿易依賴度百分之七十和百分之二十的差別

中國在二〇〇四年時出口五千九百三十三億六千萬美元，進口五千六百一十三億八千萬美元，所以對外貿易額記錄爲一兆一千五百四十七億四千萬美元，由此甩掉日本，繼美國和德國之後攀升爲世界第三大貿易國。由於貿易規模每年急遽增加，隨之也被指責貿易依賴度過高。以國內生產毛額中貿易額所佔的比例來計算中國的貿易依賴度，二〇〇二年時爲百分之五十一、二〇〇三年時爲百分之六十、到了二〇〇四年時持續暴增至百分之七十。

貿易依賴度每年增加約百分之十，代表中國自從加入WTO之後，在國際貿易上所佔的比重相對擴大；另一方面也代表，中國的經濟結構轉變爲很容易遭受難以預測的國際經濟環境變化的打擊。

但稍微仔細觀察即可明白，中國的貿易依賴度數值裡包含著許多泡沫。中國的出口產品中大約一半都具有進口因素，也就是說，中國出口產品所需的原材料及中間材料的百分之五十從本國調用，其他百分之五十則從海外進口。進入中國的很多海外投資企業都靠這種方式經營，因此海外直接投資在製造業及對外貿易各佔百分之二十至三十及百分之五十，其佔有比例相當高。近年來海外投資企業雖然在原副材料的國內調用比例逐漸提高，但還是有很多投資企業從海外引進零件，經由再加工後出口的「加工貿易」模式來運作，這與中國的低工資結構有關，是在其他國家幾乎找不到的模式。

中國的貿易依賴度中，計算出口依賴度時應該去除進口因素——出口產品中做爲加工用途的原副材料進口貨。相同地，在進口依賴度中也應該去除出口因素——加工後待出口的原副材料出口貨，才能釐清較正確的規模。如果將中國商務部及標準普爾（Standard & Poor's）等國際信用評等公司的看法和資料都綜合起來，再斟酌購買力評價（PPP）因素時，實際上中國的對外貿易依賴度僅有百分之二十而已。

假如不考慮中國這樣的特殊性，只按照單純公式來計算貿易依賴度，很快就會飆升至百分之八十、百分之九十。若要主張「中國危機論」，僅以此一數值就足夠了。

人民幣匯率也依計算方式而不同

人民幣的匯率水準在國際上總是尖銳的爭議對象。美國及歐盟以人民幣匯率被低估爲由，要求中國貨幣升值，但中國卻以低估幅度不大爲由，採取短期內仍撐住不動的立場。

西方國家主張人民幣低估論的背景，可回溯至一九九四年一月一日。西方國家主張當時中國應將人民幣對美元的匯率自五・七六元調升到八・七元，即貨幣貶值百分之五十一（〔8.7-5.76〕/5.76=0.51）之後，一直到二〇〇五年二月，即經過十年後仍繼續維持在八・二六元，不合理地提高了出口價格的競爭力。

然而，中國的立場卻完全不同。中國方面的邏輯是把原本一九九三年末爲止二元化的匯率制——公告匯率（每一美元兌換五・七六元人民幣）及市場調節匯率（每一美元兌換八・

七元人民幣），從翌年一月一日起單一化開始起算。一九九三年當時，中國的對外貿易上適用公告匯率的比例僅有百分之二十，其餘百分之八十已經適用市場調節匯率。要計算當時的貨幣貶値率時，必須採用加重平均方式。而依照中國的主張，照如此計算時，一九九四年一月一日的貨幣貶値率僅百分之七而已。一九九三年末之前公告匯率的適用比例是百分之二十、市場調節匯率的適用比例是百分之八十，所以當時實際匯率是每一美元兌換八・一一二元人民幣（5.76×0.2＋8.7×0.8=8.112）。之後一九九四年，每一美元兌換八・七元人民幣的匯率單一化（〔8.7-8.112〕/8.112=0.072），由此可知，實際上的變動幅度非常小。

中國和西方關係國之間爲了人民幣匯率問題談判時，計算方式的差距可說是不容易獲得結論的心結。而對於匯率變動之後的效果或其之前的影響，雙方基本上的認知也相差太遠，因此非常不容易協商。

對國內生產毛額和失業率的疑問

二〇〇一年中國政府發表，每人的國內生產毛額上海達到四千五百美元、北京達到三千美元，但中國學者提出反論說，統計數値中含有泡沫。

他們認爲，政府將上海和北京的總生產額除以人口數時，只算進在都市裡設有戶籍的人口，而不包括從其他都市移住的勞動人口，這違背了國際慣例——計算國內生產毛額時包括在當地居住一年以上的人口。因此學者們認爲，上海和北京的國內生產毛額中各含有百分之四十及百分之三十左右的泡沫。如果中國代表性大都市上海和北京的狀況如此，那麼其他都市的情形也可能類似，而且不但是國內生產毛額，其他經濟統計也令人懷疑。

中國二〇〇四年的失業率正式公布的數值是百分之四・三，但這數值只是計算登記有案的都市失業人口，至於未登記的都市及農村失業人口、國營企業結構調整過程中失業的所謂「下崗」人員都未包括在裡面。有些專家說，實際失業率在都市地區達到百分之十五，若以全國來計算則超過百分之二十。

上述的統計數值中有一部分看得出來是故意的誤差，但的確也可以明顯看出中國不同於西方的特殊性。在市場經濟高度發達的國家，統計數字也依不同標準而呈現出意想不到的虛像，何況是國際上還沒認同其地位的中國?它會呈現不同結果的可能性更大。而且諸如網際網路、資訊科技等統計方式的制定本來就不容易，因此可信度的問題更加嚴重。

中國由於社會主義系統和市場經濟因素混淆一起，因此要把經濟上的各種現象以數值正確記錄起來相當困難。而要求中國立刻採用先進國家普遍使用的國際慣例，也很可能無法得到明確的答覆。

重要的是，要正確了解日新月異激變的中國經濟，不須過度拘泥於統計數字的細節，應該放眼展望大規模的流動和變化趨勢，是比較聰明的作法。

注釋：

①「離岸價格」是賣方所報的價格，指賣方貨物送上船後或離港後就免除責任，買方需自行負擔運費以及保險費等。

七、捉摸不定的中國社會

一直出錯的判斷和預測

一九八〇年以出版《零和社會》（*The Zero-Sum Society*）而名列世界級學者之林的梭羅（Lester C. Thurow），在一九九九年發表的《知識經濟時代》（*Building Wealth*）中如此主張：

中國雖然宣稱一九九八年的經濟成長率因亞洲經濟風暴的餘波而滑落至百分之八，（中略）但其數值不可能正確。在電力生產增加率才百分之二．六的情形下，經濟不可能增加百分之八。中國南部的香港一九九八年記錄了負百分之五的成長率，如果中國有百分之八的成長，香港的成長就不可能負百分之五。中國南部最大的投資銀行廣東國際信託投資公司因負債達到資產的兩倍，而於一九九八年倒閉。一九九九年初北部一家投資銀行也步上相同的後塵。投資銀行在百分之八的成長環境中倒閉是不可能的事情。總而言之，中國實際成長率遠不及報告中的百分之八。

經過六年後的今日，幾乎沒有人同意梭羅的主張。中國在這段期間，即使電力不足，因爲受到強有力的財政政策鼓舞，一直維持百分之八以上的成長率。香港在一九九七年歸還中國之後第二年，滑落爲負成長的因素並不在於中國內部，而是因爲除了國際對沖基金集中攻擊港幣之外，以服務業爲中心的香港經濟因亞洲外匯危機餘波而受到打擊。當時也和今日一樣，不會因爲中國高成長，香港也隨著一起高成長。因爲香港的結構受世界經濟的影響遠比中國因素來得多。還有，中國大型投資銀行相繼倒閉，是因爲非法再加上鬆弛的經營因素，與百分之八的成長率無關。

一九九〇年代後半期，到處充斥著關於香港及中國未來的預測。一九九七年香港歸還中國日（七月一日）之前，國際級投資銀行的專家及世界媒體爭先恐後做出了悲觀的預測，比如：「中國人民解放軍將掃蕩香港的街頭巷尾」、「由於中國的各種因素，使得香港未來的經濟非常暗淡」、「中國人民幣及港幣受到對沖基金的攻擊，即將相繼崩潰」等。一年後的一九九八年七月，證明他們的預測完全錯了。同樣地，人民幣貶值論及升值論也浪費了不少虛構的劇本。

總之，關於中國的大部分預測都在虛無中結束，因爲在中國運作的與我們所認知的資本主義世界的系統全然不同。專家判斷和預測的失誤越多，中國越成爲難以捉摸的對象。假如靠我們所熟悉的觀念及角度去判斷中國，以後還是一樣會搞不懂中國和中國人。

令人搞不懂的中國和中國人

探視企業現場就會發現中國人令人搞不懂的另一面。以進入中國市場最成功的跨國企業「家樂福」和「麥當勞」的行銷策略爲例，這兩家企業遇到了完全料想不到的障礙。

根據中國商務部的統計，中國流通業二〇〇三年及二〇〇四年的營業額排行，家樂福連續第五名，是唯一進入前十名的外國企業，比起全球規模最大的沃爾瑪在中國僅佔第二十名，由此可了解其地位的重要性。

位於上海的曲陽路店，二〇〇三年末爲了紀念家樂福大型超市創立四十週年舉辦促銷活動，連續一星期每天免費提供五百份早餐，因而引起爭議。

曲陽路店從早上八點三十分開始供應便當，但每天平均有一千人排成長龍等候領取。沒想到媒體及部分市民突然氣憤地挺身出來指責，原因是住在鄰近的老人爲了領取免費早餐，而從早晨五點開始排起百米長龍的場面令人覺得不雅。加上家樂福員工用相機拍攝發便當的現場，也傷到中國人的自尊心。雖然家樂福公司解釋說，只是純粹的促銷活動而已，不過一旦傷了中國人的自尊心便很難淡化。

正當家樂福爲此感到困窘時，中國四川省的大型涮涮鍋餐廳因爲慶祝開店而贈送免費餐券，當時有大批攜帶小孩來的主婦及老人聚集排隊，但中國媒體只報導此店開幕活動的盛況，卻一句批評都沒有，使得駐上海的外商之間曾爲此流傳「我做的是浪漫，別人做的是不倫？」的順口溜。

麥當勞的海報廣告也因爲不符合中國人的情緒而被狠狠指責。麥當勞推出新產品吮指雞堡時，爲了強調其美味，便掛上女模特兒舔食手指的廣告照片，但又急忙撤了下來，因爲中國傳統觀念上認爲手指是不乾淨的，父母們擔心此一廣告影響小孩模仿而覺得反感，麥當勞因而遭到強烈抗議。一般認爲中國人的清潔觀念很差，但藉由此例可以發現，有些事情與一般觀念是有出入的。

不會倒閉的中國銀行

中國由於各銀行的不實貸款（呆帳），一九九〇年代末亞洲外匯危機時，開始被形容爲定時炸彈。不實貸款比例曾一陣子遠超過百分之二十，雖然到了二〇〇四年末滑落至百分之十三（二千零五十億美元），但其實以一般角度來看，早就要發生問題了。而且有些人指責說，中國最具代表性的四大國營銀行（中國工商銀行、中國農業銀行、中國建設銀行、中國銀行）的不實貸款比例爲百分之十五．六二，不但比平均值高，而且近年來降低不實比例的原因，並非在於扣除不實債信，而在於新辦貸款增加的效應，由此看來金融不實的情形仍舊存在。

中國對大型銀行的支援資金方面較注重改善企業支配結構等根本問題，所以在短期內大幅改善的可能性不大。

自從正式提出金融定時炸彈問題之後已過了將近十年，但中國的眾銀行仍未倒閉的原因何在？那是因爲在「由誰貸款給誰」觀點上有中國的特殊性。中國的不實貸款大部分都是由國營銀行貸款給國營企業後很難回收的例子。無論借款或貸款都是國營機關，基本上不同於韓國或日本等大部分由商業銀行貸款給民間企業後不能回收的那種不實貸款。

由此觀之，中國的不實貸款問題不應以「金融不實」而應以政府的準財政投資角度去看，而且不應以「不實債信」而應以財政赤字的角度去看比較妥當。假如國家財政赤字經過長期累積，可能會發生國家跳票狀況，但在一定範圍內的財政赤字反而可以運用爲促進消費的手段。

以資本主義的眼光來看應該立即倒閉的銀行卻依然運作自如，是因爲中國的這種特殊性。當然，如果景氣過熱也會產生問題，企業的業績長久無法好轉的話，就不能無限期持續財政投資。二〇〇六年即將全面開放金融業，各銀行不應只爲目前不會倒閉而感到安心，應該致力於重生爲健全的銀行才對。

第三章

韓國的對策：該如何面對遽變的中國

一、直觀中國的現實

扔掉對中國的成見

直到今天，西方對中國的判斷及預測仍有很多誤判和空論，而且越重要的案子越如此。一九八九年發生天安門事件，很多駐北京的外國企業急忙要離開中國，因爲他們擔心搞不好會再回到過去恐怖的毛澤東時代。一九九七年香港歸還中國之前很多人預測，人民解放軍即將掃蕩香港的街頭巷尾。接著到了亞洲外匯危機時，即使中國當局一再否認，西方媒體還是硬把人民幣貶値論當作既定事實來加以報導。在不懂中國的情形下，還以自我爲中心來思考和判斷，因此產生誤解，進而變爲成見。

有個故事描述，在企業戰略顧問領域公認爲世界第一的麥肯錫公司卻被它認爲天眞的中國農民消遣。看似笑話，但仔細思考即可明白話中有道理。

一位中國農民讓牧羊犬帶領一群羊。這時出現一位藍眼人，他對農民說：「我能猜中你的羊總共有多少隻。」他觸摸一下全球衛星定位系統（GPS）兼網際網路裝備後馬上高喊：「總共一千四百六十隻羊！」農民點了點頭。他得意洋洋地說因爲猜對了應該送他一隻羊。

接下來農民也對他說：「如果我猜對你是從哪裡來的人，就把羊還我。」他答應了。於是農民迫不及待地說：「你是麥肯錫的人。」他果眞是麥肯錫的人。他問農民怎麼知道，農民回答：「有三個理由。第一，我沒有邀請你來，你卻自己找來了。第二，你告訴我我早就知道的事情（羊群數字）並向我要求其代價。」接下來最後一個理由眞是傑作：「你根本不懂我的工作。現在你懷裡抱的並不是羊，而是牧羊犬……」

麥肯錫員工驚訝於看似貧乏的中國農民透視他身分的智慧，更驚訝於原本約定給他羊卻給了他牧羊犬的偷天換日技巧。

其實韓國對中國的情形也大同小異。面對著中國的高成長率、緊縮政策和人民幣匯率變動等問題，卻都不理會該注意的根本原因，而只靠自己的判斷埋首於「是危機還是機會」的爭論。

從不能失去中國市場的韓國立場來看，這樣的態度非常不妥當。中國對韓國來說是困難的市場，而且它是從未經驗過的未知市場，因此更加困難。應該警覺如果習慣於成見的眼光，就無法掌握目前的市場及其變化的流向。

從十三億的幻想中醒過來吧

一九八〇年代後半期，韓國剛開始與中國直接貿易時，流行了一陣子所謂的「內衣論」。也就是說只要賣給十三億人口每人一件內衣，便可以賺大錢，連小學生之間都把這當成笑話似地傳遍開來。雖然如今情形不同，幾乎沒人再提起內衣論，不過還是出現很多類似的例子。

先看看代表內需消費市場規模的信用卡。根據萬事達卡（Master Card）公司的資料，中國的信用卡發行量未來三、四年後可達一千萬張，接近目前的香港水準，與韓國相比起來則遠遠不及，但在中國可是驚人的規模，因爲這一千萬張是實際上可以信用購物的信用卡。之前中國發行的數千萬張信用卡，大部分都是現金卡，只限在銀行存款額範圍內才能購物。不過未來三、四年後，僅以個人的信用即可賒帳或分期付款購物的人數會達到一千萬，此一預估的確頗令人注意。

萬事達卡的預估提出之後，很多種推測相繼出現，其中一個預測未來三至四年內中國會

廣　告　回　信
台灣北區郵政
管理局登記證
北台字第15949號

235-62
台北縣中和市中正路800號13樓之3

印刻出版有限公司　收

讀者服務部

姓名：＿＿＿＿＿＿＿＿　性別：□男　□女

郵遞區號：＿＿＿＿＿

地址：＿＿＿＿＿＿＿＿＿＿＿＿＿＿＿＿

電話：（日）＿＿＿＿＿＿＿＿（夜）＿＿＿＿＿＿＿＿

傳真：＿＿＿＿＿＿＿＿

e-mail：＿＿＿＿＿＿＿＿＿＿＿＿＿＿＿＿

INK

INK PUBLISHING

讀者服務卡

您買的書是：______________________________

生日：______年______月______日

學歷：□國中　□高中　□大專　□研究所（含以上）

職業：□軍　□公　□教育　□商　□農

□服務業　□自由業　□學生　□家管

□製造業　□銷售員　□資訊業　□大衆傳播

□醫藥業　□交通業　□貿易業　□其他______

購買的日期：______年______月______日

購書地點：□書店　□書展　□書報攤　□郵購　□直銷　□贈閱　□其他

您從那裡得知本書：□書店　□報紙　□雜誌　□網路　□親友介紹

□DM傳單　□廣播　□電視　□其他

您對本書的評價：（請填代號 1.非常滿意 2.滿意 3.普通 4.不滿意 5.非常不滿意）

內容______　封面設計______　版面設計______

讀完本書後您覺得：

1.□非常喜歡　2.□喜歡　3.□普通　4.□不喜歡　5.□非常不喜歡

您對於本書建議：

感謝您的惠顧，為了提供更好的服務，請填妥各欄資料，將讀者服務卡直接寄回或傳真本社，我們將隨時提供最新的出版、活動等相關訊息。

讀者服務專線：（02）2228-1626　讀者傳真專線：（02）2228-1598

進入信用社會。果眞如此嗎?中國人民銀行科技司司長陳靜如此說:

「在美國沒有信用卡簡直沒法生活,中國人卻不存在這樣的問題,因爲中國人的消費習慣是量入爲出,不願意向銀行透支。」

換句話說,就算發給一千萬人信用卡,但實際上信用購物的人數遠不及此卡數。實際上中國還沒有全國統一的個人信用評價系統,所以金融機構很難區分優良顧客和不良顧客的情況。而且,爲了信用卡市場的成長,中國必須和外國統一信用卡管理系統,也必須緊急安排如「金融卡管理條例」等立法措施,但看來短期內沒有這種可能性。假如有家企業以三、四年後產生的一千萬名持有信用卡爲潛在顧客而設計事業計畫,那麼其成功的展望並不樂觀。對信用卡的過度期望,與前述的內衣論差不多。

「關係」不再保佑我們

經營中小企業的李老闆參加中國舉辦的展覽會,找到了有力的買主,藉此而再次確認「開拓海外市場的方法中還是展覽會最可靠」。回國後沒多久,就接到買主的聯絡,邀請他到中國一趟,於是再次前往中國出差。買主安排的晚宴席上,市長及地方政府官員都參加了。他們向李老闆表示,以特別優惠的條件邀請他來當地投資。中國經驗並不長的李老闆認為「這就是關係」，而在投資意願書上簽署後回國了。

提到中國，就想到「關係」。中國俗話說：「拉關係佔便宜。」據了解在中國眞如這句俗話說的，人際關係優先於法律。「多一個朋友，多一條路」，這句俗話也代表關係的威力。實際上很多企業運用中國的有力人士或機關關係而得到很大的幫助。

自古以來將中國稱為「關係社會」，是因為中國人重視人際關係的文化特色，以及長久以來的社會主義體制裡，市場經濟因素的法律和制度不夠完整，使得依賴「關係」的氣氛自然而然廣泛散布。

但自從改革開放以來，如今已經歷了天翻地覆般的改變。隨著法律和制度的強化，諸如「關係」的鐵律也開始出現重大變化的徵兆。在加入WTO的準備過程當中，僅是經濟相關的法律和規定便整頓了二千七百多件，加入後仍繼續進行其後續作業。也就是說，「關係」的重要性及比重越來越降低。今後要先遵守法律和制度，然後再運用「關係」；如果只想先依賴「關係」，別說是成果，甚至還可能會狼狽不堪。務必記得，尤其在從事超出法律範圍的工作時過度依賴關係的話，隨時都會面臨刑事責任。

中國各地方政府官員依據留置多少外資等業績，來評定個人工作能力並給予獎金，因此在商討投資的階段裡，似乎所有要求條件都可以接受的情形非常多。韓國企業應該要了解，並不是唯獨自己享受到這種待遇。通常地方公務員完成一件外資引進案，接著馬上又去尋找另一個引進外資的對象，所以一旦投資案簽訂之後，反而很難再見到那位「關係者」的臉。

以前有一位駐韓中國大使館的中國官員曾告訴我：

「韓國人將中國稱為『關係』社會，是沒錯。不過依我看，其實『關係』在韓國比較強。」

如果適切運用「關係」，就會成為助力，否則「關係」不一定會保佑我們。

不要自我陶醉於韓流

韓國文化的熱潮——韓流在中國吸引人氣，是一件令人欣慰的事。想到隨著國際經濟環境日益增加的不確定性，以及韓國進入中國內需市場力道不足的現況下，韓國大眾文化能在中國掀起熱潮，的確很值得高興，而且比任何出口商品還可靠，稱之為「韓流特區」也毫不為過。

韓流在中國吸引人氣的原因有三。

第一，對香港及日本文化已經厭膩的年輕階層將關心轉移至韓國大眾文化資訊。一九九○年代中期為止，年輕階層的文化需求以香港、台灣、日本文化為主，但由於香港漸漸懶得開發文化產品，而與日本之間又有民族情緒上的問題，因而轉往韓國文化。

第二，韓國文化資訊的品質相當優秀。電視劇、電影等大眾文化產品除了亞洲地區之外，還出口到美洲、歐洲、中東地區，因而提升了國際上的競爭力。

第三，年輕階層對文化資訊的需求大增。自從改革開放以後，由於頻頻接觸外來文化，而且隨著快速的經濟發展，生活品質提升，因此產生了上述的現象。

那麼，目前韓流在中國是什麼樣的狀況呢？其實，大眾娛樂事業除了極少數之外，都沒有什麼好成績。以電影爲例，在韓國上映過沒多久，複製版就已在中國非常普及。非法盜製產品的程度非常囂張，簡直就是索性不買原版。

去觀賞一些韓流明星的演唱會，往往就會發現開幕時會場裡觀眾還不到一半，但開幕五至十分鐘之後，少女歌迷便湧入會場，因爲演唱會開始之後進入的話可以低價購票入場。至於線上遊戲產品，有不少被中國業者抄襲或盜用而受害的例子。由於這樣的緣故，因此流傳說中國韓流熱潮的第一功臣就是非法複製的DVD及VCD。

以前我在首爾上班時認識的報社記者詢問我關於韓流的資料。他要的是在中國因韓流效應而買氣最佳的十種韓國產品，以及該產品因韓流影響而售出多少數量等內容。筆者跟他說那些資料很難數值化，但那位記者堅持要求以在中國銷售情況最佳的行動電話及泡麵爲例說明。以筆者經驗來說，雖然在現場觀察過一陣子行動電話及泡麵市場的熱賣，但要把它歸功於韓流則有點勉強，而且以售價來說，我也沒有勇氣承受所謂韓流效應的推論後果。記者在聊天之際透露說，關於韓流的報導要盡量誇大一點比較好，所以才如此詢問我。

也有這樣的例子：有一次韓國某電視台報導韓流特別節目時，順便介紹上海的一家韓國傳統餐廳，我剛好認識那家餐廳，所以仔細觀賞。該節目的重點是說，中國人由於韓流熱潮而逐漸喜歡吃韓國傳統食物。但據我了解，那家餐廳生意旺是沒錯，但大部分顧客（可能幾乎百分之百吧）都是韓國人，這些事實住在上海當地的人都很明白。

那麼記者何必這樣誇大報導呢？雖然說起來有點不忍心，但是不是因爲韓國人自己比別人更狂熱陶醉於韓流的緣故？由於這樣的緣故在中國也不時出現副作用。上海發行的《東方早報》網路版，二〇〇四年二月十日新聞「中國熱潮抓住了韓國」中報導說：重視家庭的中國電視劇默不作聲地攻擊了韓國電視劇，結果非常成功。而且還說，韓國電視劇在中國和全亞洲地區被批評爲老套。由於「韓流」的誇大報導，相對地強烈掀起了「中流」（中國文化熱潮）等毫無根據的報導。

我很想告訴那些韓流相關人士及韓國企業，一位曾在韓國長期工作的中國朋友對我說過這樣的事情。

據說韓國企業人士與中國企業人士初見面時總是直接了當地問「知道韓流嗎？」、「喜歡哪個藝人？」等問題，其實應該盡量避免這種問法，因爲如果過分強調韓流時，可能會傷害中國人的自尊心，因而對業務洽談將有不良的影響。當然，如果中國公司客戶先提到這種話題，自然就成為好氣氛，但如果不是，以中國人立場來說，並不是那麼悅耳的話題。

之前在中國大受青睞的香港及台灣藝人，不知從何時起忽然間被韓國藝人取代了，看這種情形即可預測，韓流不知何時也會遭到相同的命運。如今韓國人不要光為韓流而興奮，應該正確認知狀況，並以冷靜又成熟的態度去面對。

韓國重視韓流現象的原因在於可以預估極大的經濟效應。如果要從韓流獲得如預期的效果，必須由政府及企業共同努力。

政府應該努力構築大眾文化事業競爭力核心的創意及促進革新的社會系統，而且以此為基礎，擴大對文化產業的研究活動、強化稅制及資金方面的支援、培育文化資訊的各領域專業人力等。

企業應該透過推動資訊的多元化及當地化，開創出嶄新又具領導性的文化產品。而且為了防範國內企業之間過度競爭，需要自動安排基本的指南路線。

此外，由於中國的智慧財產權保護問題比其他國家嚴重，因此亟需企業及政府共同努力。

二、針對變化中的市場環境做準備

中國經濟的長鞭效應及蝴蝶效應

舉個例子，有一家漢堡店平均每天銷售一百個漢堡，但有時賣出九十個，有時賣出一百一十個，這家漢堡店爲了以防萬一，每天訂一百一十個漢堡用麵包。爲十家漢堡店提供漢堡用麵包的麵包店，一天平均做一千個麵包，但麵包店預料有可能每家漢堡店同時增加需求量，因此以每天一千一百個麵包爲安全庫存量（safety stock），並訂購相當分量的麵粉。麵粉公司預估除了平均需求量之外的臨時追加量，而訂購相當分量的小麥。如此到了小麥供應商，安全庫存量大幅增加。

這是所謂的長鞭效應（Bullwhip Effect）。它的意思是，趕牛用長鞭的手握部分（漢堡店）只要使出微弱的力量（賣出），其變化到了鞭子末端（小麥供應商）時，就會產生巨大的波動（增加安全庫存量）。也就是說，供應鏈（supply chain）的上游階段，即自消費者到零售商、批發商、製造商、原料零件供應商等，其需求變動幅度會越來越大。與最終消費者離得越遠，越難預測市場的正確需求量，因此企業應該實行供應鎖鏈管理（Supply Chain Management：SCM），以整體觀點來統合管理供應商和最終消費者之間發生的資訊、物流及現金的流向，由此而極小化長鞭效應，同時極大化其效率。

如果說長鞭效應是在一個鎖鏈裡發生的連鎖反應，那麼蝴蝶效應（Butterfly Effect）所強調的是，表面上看起來全然無關，但極微弱的因素也會帶來極大的結果。所謂蝴蝶效應，就是說棲息在亞馬遜的一隻蝴蝶拍動翅膀，使得美國德州因而發生暴風的氣象理論。

在短時間裡對中國經濟依賴度急遽上升的韓國，目前就必須仔細思考一下長鞭效應和蝴蝶效應。

假設長鞭效應中的漢堡店是中國消費者，那麼出口至中國的項目中原副材料的比重高於消費材的韓國企業，就等於是小麥供應商。據推估，全部出口業績中大約百分之七十是原副材料，因此結構上不容易得知中國當地實際消費市場的動態，而且也不容易預測其需求。在這樣的狀況下，中國消費者細微的變化對韓國企業來說，可能引起過度的安全庫存量。

中國市場在韓國總出口中所佔的比例，在這十年當中自百分之六・五急遽上升爲百分之二十，而海外投資件數中則約有一半都集中於中國，令人擔心會因此引起蝴蝶效應。結構上已經變成即使很難感覺到的中國微弱變化，也可能對韓國造成意想不到的衝擊。

隨著對中國經濟依賴度逐漸提高，使得越來越多人擔憂產業空洞化及「迴旋效應」(Boomerang Effect)。企業爭先恐後地將生產設備移到中國，使得國內求職越來越困難。韓國技術隨著生產設備一起移到中國之後，可能不知不覺中轉變成中國技術而再回到韓國來。這樣的產業空洞化及迴旋效應，是中長期性且漸進型的威脅因素。即使如此，長鞭效應和蝴蝶效應的副作用卻可能現在立刻產生。

目前韓國處於非常不安的情況，無論中國的情形變得好或不好都令人擔心。如果中國經濟及中國企業持續成長，會使得韓國企業在海外市場的版圖隨之縮小；如果情況相反的話，中國的經濟惡化產生的影響，也會使得韓國企業及股市遭受「中國衝擊」而頭昏腦脹，並讓韓國經濟跟著受苦。然而韓國企業卻仍未看清在中國發生的大趨勢，僅僅執著於表面的變化。

擴大中國市場佔有率固然重要，但預防長鞭效應及蝴蝶效應之副作用的對策更急需。韓國供應中國的原副材料，不是從日本進口的那種尖端零件素材。韓國企業結構上不得不從日本進口零件素材，但中國的情況與韓國不同。因爲出口至中國的原副材料主要需求者——韓國投資企業不一定用韓國產材料，而慢慢提高調用中國當地產材的比例，而且中國買主除了韓國產品及材料以外，還有很多其他供應來源。最妥善的對策就是，要提高出口至中國的成品比例，並轉換成與當地消費者直接面對的方式。這種策略與目前中國逐漸開放內需市場的時代潮流相當符合。

不過要擴大成品出口比重的方案，很難立刻獲得可觀的成果，因此韓國企業在目前的原副材料爲重心的出口及投資構圖上，先安排長鞭效應和蝴蝶效應最小化的方案。爲此應該實施供應鏈管理，而不是依照國內某企業及當地投資法人的單純上下關係或主從關係來運作。上自原副材料供應階段到最終的顧客，有系統且統合性地管理整體的物流動向。如此一來，在供應過程中獲得效率性，並且由此而更明白當地消費者的反應。

重整的中國市場需要嶄新的典範

中國自從加入WTO之後，便大幅緩和關稅及非關稅的障礙，隨之在對外貿易及引進外資方面雙雙上升，看來今後短期內仍會保持這種效應。二〇〇一年平均進口稅率百分之十五・三，到了二〇〇五年爲百分之九・九，降低了百分之五・四，尤其資訊技術領域產品進口已經開始適用免稅。

現在開始陸續開放以前禁止外商投資或有條件允許的領域，由此可以預測將來外商投資會持續增加。市場規模雖然有景氣過熱的爭議，但未來仍然會持續擴大。

進口市場隨著加入WTO的初期效應，最近三年間每年有百分之三十至四十以上的激增趨勢，但由於增加幅度逐漸鈍化，因而可能進入全面安定的成長局面。中國雖然隨著擴大開放措施而慢慢持續改善事業環境，但是因國際經濟環境的變數而使結構受到相當的影響。

在出口方面，可能影響韓國企業進軍的變數有：中國政府會不會持續緊縮政策、本國市場保護措施、人民幣匯率等。不管這些變數往哪一方向作用，未來韓國企業的中國出口增加率會逐漸鈍化起來。因爲到目前爲止，雖然韓國的無線通訊機器、半導體、汽車、鋼鐵、船舶、電腦、化工品等方面在中國市場上仍佔優勢，但中國企業的競爭力正快速增加，加上隨著海外投資的激增，中國國內的技術移轉效應也即將顯現。

原本因爲加工貿易形態的投資中國，使出口至中國的原副材料大幅增加。但是未來越來越多投資企業會在當地湊齊原副材料，而且對於內需市場服務業方面的投資優先於製造業投資，將使得投資出口誘發效應持續減少。此外，由於中國沿海地區的人力費等相關費用急遽上升，使得單純製造業移往內陸或越南、東南亞地區等情形越來越多。

這樣的潮流代表中國開始改變面貌，與自一九七八年改革開放以來保持到現在的市場結構全然不同。以韓國企業的立場來說，不應僅看市場規模及潛力就進軍，需要先觀察其流向後再進軍。也就是說，不但要看得見樹，還要看得見整座樹林。

三、成功進入中國市場的策略

依據經濟圈特性擬訂策略

中國雖然是單一國家，但國土面積遼闊，而且歷史、地理、文化因素多元，所以各地區都有不同的經濟特色。依主要地區的不同而有不同的宏觀經濟狀況，而且進出口結構與規模、對外開放程度也有明顯差距。雖然政治上是單一國家，但經濟上是各不相同系統的複合體。近年來中國政府強調地域經濟之重要性，因此未來各經濟圈的經濟特性將更加明顯起來。

韓國對中國的出口及投資有激增的趨勢，但各省與主要都市的市場佔有率及比例上顯現非常大的差距。在經濟發達的東部地區，韓國產品的市場佔有率保持在前幾名，但越往中西部內陸，其市場佔有率也越往下降。因此需要綜合考量，依各地域不同的經濟特色及發展現況而企畫適合的策略及行銷活動。

中國經濟圈依觀察的角度而有多種分法，但按照中國政府的政策方向，可以區分爲五大圈：長江三角洲經濟圈、珠江三角洲經濟圈、環勃海經濟圈、東北經濟圈、中西部經濟圈等。

以上海爲核心的長江三角洲經濟圈，是改革開放的示範舞台，一九八〇年代以後在經濟發展過程中擔任了主導角色。這地區約佔中國全體消費市場的百分之二十五，是最大的消費市場，同時以交通及物流園區的角色，及近年來成爲跨國企業的區域總部而大受矚目。長江三角洲是全中國經濟發展水準最高的地區，其競爭也最激烈，所以不要以庫存產品或夕陽產業，而應該以新產品及最尖端產業進軍。它也是中國原副材料相關展覽會最活躍的地區，同時可以預期它將成爲未來日漸減少的中國原副材料出口重點地區。預期二〇一〇年上海舉辦的世博會可讓長江三角洲的經濟版圖完全蛻變，所以此一地區值得積極參與國際承攬競標、開發消費品市場、進軍餐飲業等。尤其上海市場是全中國市場中最難踏進第一步的地區，不過一旦在這裡獲得成功，擴展到其他地區的效果便非常大。

位於華南地區廣東省的珠江三角洲經濟圈，在歷史上本爲改革開放的發起地區，全中國對外貿易量約有百分之四十是經由廣東省，它可說是中國國內具備往外發展經濟系統的最佳地區。這地區以生產電子、塑膠、鐘錶、家具爲主，長期經營成爲具有競爭力的產業園區

（industrial cluster），而且預估短期內仍然能夠保持市場吸引力。隨著香港和澳門與中國簽訂「更緊密經貿關係安排」（Closer Economic Partnership Arrangement：CEPA），帶動珠江三角洲經濟一體化快速進展，可望連繫香港或澳門企業而共同進軍中國市場。雖然近年來世界級跨國企業有將中國國內據點移往上海的趨勢，但是珠江三角洲裡仍聚集了跨國企業及中國巨大企業的生產據點，因此這個地區具備進入市場的有利環境。

包括北京和天津的環渤海經濟圈以中關村爲代表，被稱爲中國的資訊科技產業聖地。近年來以金融、批發零售業、資訊等服務業爲中心，而快速重整產品結構。環渤海經濟圈比起長江三角洲及珠江三角洲經濟圈，經濟一體化的程度較弱，但還是具有統合並控制全中國的首都經濟之效益。這地區聚集了中國主要企業的總公司以及各業種協會，此點也是其他地區所沒有的長處。但有一點需要注意，環渤海經濟圈內各地區經濟力顯現嚴重的落差，高所得地區的北京與長江三角洲的上海及珠江三角洲的深圳等相同，形成高級市場，但與北京同爲環渤海經濟圈的河北省和山西省仍停留爲中下級市場。

包括遼寧省、黑龍江省、吉林省等的東北經濟圈是傳統重工業中心地，一九九〇年代以後經濟發展非常不振。但近年來中國政府積極進行重開發計畫，以中長期來說，已繼長江三角洲、珠江三角洲、環渤海圈之後，而能夠發展爲第四成長軸的地區。

中西部經濟圈在主要經濟圈中是最落後的地區，目前推動二〇〇〇年以後的五十年長期

各經濟圈具有市場前景的領域

地區	前景領域
長江三角洲經濟圈	資訊科技、汽車及相關零件、化工、鋼鐵等
珠江三角洲經濟圈	資訊科技、電子、物流、環境設備等
環渤海經濟圈	資訊科技、文化資訊、汽車及相關零件、奧運相關社會基礎設施需求項目等
東北經濟圈	重化學工業、造船、物流
中西部經濟圈	環境、自動化機器類、鋼鐵、建材等

開發計畫，因此必須用比東北經濟圈還更長期的眼光去觀察。例如成都、重慶等雖然對外直接貿易條件不利，但已經具有一定水準的消費力，所以只要改善物流環境，就能夠快速形成消費市場。

接下來看一看各主要經濟圈可望進軍的市場領域：長江三角洲經濟圈爲資訊科技、汽車及相關零件、化工、鋼鐵等；珠江三角洲經濟圈爲小型電子、物流、環境設備、資訊科技；環渤海經濟圈爲資訊科技、文化資訊、汽車與相關零件、二〇〇八年北京奧運相關社會基礎設施需求項目等。雖然東北經濟圈市場規模比上述三個地區小，但仍可能以重化學工業、造船及物流業而受惠；中西部經濟圈以環境、自動化機器類、鋼鐵、建材較具前景。

應該盡快進軍物流及服務市場

中國二〇〇四年十二月十一日藉著加入WTO三周年爲契機，大幅開放了物流及服務市場。批發零售物流業中的道路運輸業開放了外商獨自投資，而加盟連鎖權（franchising）及無店舖行銷業領域，也解除了限制外資企業設立之規定。尤其物流服務在最低登記資本額方面大幅降低，如批發業爲五十萬元人民幣，零售業爲三十萬元人民幣，這是因爲WTO的主要原則中有一條規定：以本國企業爲對象的「公司法」，也適用於外商投資企業。

金融方面，近來對外商銀行的人民幣業務地區限制措施，比WTO要求的「初始開放」（initial offer）時間表更快依序解除；壽險及股票投資基金方面，在外國公司持股率不超過百分之四十九（由百分之三十三於三年後提高）的條件下，許可外商投資；通訊方面，行動電話（語音及資料）服務合資企業的外國公司持股率擴大爲百分之四十九。

旅遊業方面，合資公司的登記資本額由原來的四百萬元人民幣大幅降低爲二百五十萬元人民幣，同時許可外國公司的多數持股。二〇〇四年十二月一日起第一家外商獨資旅行社正式在上海開始營業。這家旅行社是由「日本旅行」的日本公司投資四百萬元人民幣設立的，從這一天開始以日本人爲對象行銷中國旅遊商品。由於從中國到海外的旅遊業務沒有包含在

WTO的「初始開放」清單內，所以還沒有對外國企業開放。至於法律服務方面，雖然還沒有配合加入WTO三周年的開放計畫，但有意逐步放寬代表處的增設條件等。

即使有各種擴大開放措施，但業界仍然很混亂。例如物流業，到目前爲止還沒有實施細則和細部規定；在運輸業方面，則有中國地方業界的保護主義太嚴謹的問題。近來中國政府正逐漸強化技術標準，很可能在所有服務業種方面發揮作用，防止新變數進入市場。

服務業市場雖然開放了，但由於實施細則未公布等因素，短期內可能無法避免業界的混亂。不過基於以下三種因素，企業在法律上可行的範疇內應盡快準備進軍。

第一，中國政府將經濟成長的重心快速轉向內需服務業。在此之前，中國以製造業及公共投資爲主而設計成長策略，但其結果卻產生重複投資及景氣過熱等嚴重副作用。因而自二○○四年上半年起，在調整宏觀經濟政策過程當中，將消費優於生產的新成長動力集中於培育服務業。之前，中國以保護本國產業的立場，而對服務業市場的開放採取非常消極的態度。但是預期今後將依本身的需求而逐漸加速開放。這代表中國政策環境將對韓國企業有利。

第二，韓國企業進入中國服務業市場，比外國競爭公司落後很多，所以不能再拖延。服務業種一旦定型，就很難重新再進入，因爲先起步進軍的公司市場支配力相當大。關於此一問題，筆者有令人非常不捨的經驗。

一九九五年，筆者帶領韓國知名物流業組成的「中國物流市場開拓團」訪視北京、上海、大連等地。事情已經過了十年，但筆者還記得當時曾向物流業相關人士強調說：「要盡快進軍。」後來視察當地的業界相關人士也認同我的看法，回國後便呈上該進軍市場的報告書，但各公司總裁都沒有任何反應。接著韓國經濟遇上了金融風暴，花了數年來收拾殘局，然後又在考慮各種因素之際過了十年，在這期間韓國國內物流業界已經處於飽和狀態。假如當初立刻進軍中國，也許早就在中國獲得新的市場。如今進軍中國物流市場之事不能再拖延了，如果一再拖延下去，只會使進軍所需的費用更增加，而且在激烈的競爭環境中更無法保障成功。

第三，要盡快安排製造業和服務業的連結鏈。之前進入中國的韓國企業大都以製造業爲主，所以除了少數企業之外，其他企業只是將製造的產品從中國銷到海外去。今後將面臨較大的轉變，就是將生產的製品在當地銷售，因此必須進入中國的物流業及多樣的服務業種，以便與早先進入的製造業形成連繫。

積極參與中國企業的併購

中國爲了解決國營企業低效率的痼疾，自一九九七年起積極推動大型國營企業之間的併購，但也了解僅靠這些改革還是有限，於是在二〇〇二年十一月藉舉辦第十六屆全國人民代表大會，設定積極鼓勵外國企業併購的方針：除了整頓外國企業併購國營企業的相關法令之外，二〇〇二年四月時頒訂「外商投資產業目錄」，以便大幅擴大對外開放業種的幅度。其結果，二〇〇三年外國企業進行的中國企業併購交易額多達三十八億二千三百萬美元，比前一年增加了百分之八十四・四。目前中國的外商直接投資業績中，藉由併購的比例仍然極少，但若照現在的趨勢繼續下去，以後有希望大幅擴大。韓國企業也應該認眞評估看看，藉由併購中國企業而進入中國的新投資方式。

韓國企業藉由併購中國企業而進軍市場時，可以克服現有的障礙，而且能夠藉此建立與中國的夥伴關係，和發掘新進事業的機會。

韓國企業假如想進入中國併購市場而擬訂策略時，應先考慮以下兩個因素。

第一，必須考量中國各主要經濟圈的特色。譬如，以環渤海經濟圈爲例，如果已經進軍當地的韓國企業，以當地累積的經營訣竅和經驗爲根據，而收購在經濟體制改革過程中待售的國營企業，就能夠掌握中國內需市場的流通網等，獲得隨併購而來的加乘效果（synergy effect）。另外，以近來投資熱潮正旺的長江三角洲爲例，此地區的國有資產是全中國最多的，且國有部門轉爲民營化的情形也最活躍，是未來併購活性化的地區。東北經濟圈自二〇〇二年起積極推行「東北振興計畫」來改善老舊落後的經濟結構，它也有希望成爲併購的新興地區。

第二，由於進入中國的韓國企業裡面中小企業所佔的比例較高，因此必須依據企業規模而建立各自不同的併購策略。由資金能力及資訊蒐集能力不足的中小企業直接併購國有企業的困難度高，應先藉著合資方式與製造業領域相關的國有企業合作，來掌握市場資訊及行銷網絡之後，逐漸增加持股的方式來收購合資公司的股份。

大企業不僅收購製造業，還收購金融、基礎建設、公共部門的有力國有企業，以便進入內需市場。尤其如果收購銀行、保險、法律、稅務、物流等服務部門的國有企業的話，對已經進入市場的韓國製造業來說，可以期待在中國國內的營業活動能持續穩定。

在併購中國企業的過程中，要分析該企業的經濟實況和風險度有多少。中國的國營企業一直沒辦法擺脫數十年來計畫經濟體制留下的各種低效率經營環境，諸如過多的雇員、肥大的組織、負擔過重的福利費用等，基本上就是阻礙企業經營獲利的因素。以國營企業的立場來說，這些因素很難實際控制。然而不少國營企業就算在生產及銷售等經營良好的環境，也因爲這些因素而沒辦法擺脫赤字經營。因此要評估國營企業時，正確分析這些負面因素是非常重要的。

如果要避開國營企業裡的內在危險因素，除了向併購對象諮詢以外，還需要韓國企業在簽訂契約的過程中細心準備及評估。雖然目前爲企業進入中國的相關機關提供中國的經濟現況及投資環境的多樣資訊，但都偏向於經濟開發區的薪資水準、基層結構、勞資關係等處女地（greenfield）型（製造業）資訊。但自從中國加入WTO以來，越來越多外國企業藉由併購進入中國的例子，因此韓國國內相關企業因應中國未來可能完全開放資本市場，除了加強提供處女地型資訊及併購資訊（關於國營企業的正確實況——如資產、不實債信、多餘人力等）之外，還需要建構會計、稅務、法律諮詢等支援系統。

打聽政府採購市場

中國政府採購市場自一九九〇年代以來，每年約有百分之五十以上的高成長率，但因爲不明確的評價標準和完全以本國企業爲主的競標慣例，所以對外國企業而言一直是一道高牆。不過近年來陸續改善進入市場所需的條件，因此今後需要以更積極的態度來介入。韓國企業應該注意以下事項。

第一，要加強搜集資訊的能力。中國因二〇〇一年十二月加入WTO及二〇〇三年一月實施〈政府採購法〉，而提升政府採購市場的透明度，所以積極搜集進入市場所需的資訊爲第一要務。各地方政府透過媒體及網站來公告政府採購計畫，所以如果能夠積極運用這些資訊，就可以掌握擴展市場的機會。中央政府採購中心的資訊都透過各種報刊媒體及網路對外公開。報紙公告是依照財政部〈政府採購信息公告管理辦法〉的規定，而《中國財經報》被指定為政府採購中心的採購資訊告示報。此外，也在全國發行的《中國日報》（*China Daily*）等報紙上刊登招標公告，在《中國政府採購指南》等媒體上公布消息。至於網上公告則是透過政府採購網（www.ccgp.gov.cn）等主要指定網站來發布，而且各地方政府也自己經營相關網站。

第二，可以藉由夾縫進入採購市場。現階段雖然仍限制一般外國產品進入採購市場，但對於無法在國內採購的產品則對外開放，因此需要一個以尖端技術產品為主的集中攻略。以引進國際機構及外國政府貸款的計畫為例，由於依據採購者和中國的協議而允許使用外國產品，因此可考慮藉由參加國際機構的貸款引進計畫而進軍採購市場。目前在中國國內進行的社會基礎建設計畫大都利用外國政府的貸款、世界銀行及亞洲開發銀行的投資等。用這些資金來進行的計畫，依據國際標準而嚴格實施招標，因此以外國供應商立場來看，由地方保護主義導致的損失會相對降低。而且，一般來說，各國政府設計簽約書時加入對本國企業有利的條文，以便提高本國企業的得標機率仍是慣例，因此試試以本國資金貸款的計畫也是不錯的方法。

第三，要積極運用與中國企業及相關機關之間的合作關係。由於依國際慣例，各國的採購市場運作對本國企業及其產品有利，因此現實上外國企業不容易獨自進入市場。所以透過採購經驗豐富的國營企業，或與相關機關的合作而獲得所需的資訊及進入市場所需的方案，並且盡量與當地政府建立友誼關係等努力都相當重要。雖然到目前爲止，中國政府採購市場系統還沒有完備，但單純靠人脈或賄賂等非法手段，仍無法提高得標率。而且假如使用非法手段的話，必須考量可能此後連參與投標的資格都被取消等風險。以外國供應者立場來說，由於不熟悉中國招標系統而錯失機會的風險也相當大，因此不但應該具備與中國國內相關單位有連絡功能的組織，而且也需要與主管單位及招標機關進行交流，或與地方的採購代理機關建立合作關係等。

第四，要藉著參與類似政府採購事業等計畫而累積經驗。由於評審中國採購市場供應商時，除了資金及技術之外，過去的業績也作爲重要的評審條件，因此在民間階級的相關計畫上累積接單經驗，有益於後續的評選。

第五，要加強投資企業之間的策略型合作。政府採購項目大多是大規模計畫，因此如果以中小企業的力量去推動會有困難。依據〈政府採購法〉第二十四條規定：「兩個以上的自然人、法人或者其他組織可以組成一個聯合體，以一個供應商的身分共同參加政府採購。」此一條文合法保障共同參與，所以可藉由企業之間的合作來提高得標的可能性。

四、捕捉主題經濟（Theme Economy）

嶄新的事業場——主題經濟

所謂主題經濟是指某社會經濟特性及潮流連結爲消費文化的現象。中國近年來隨著世界各國企業蜂擁而至，使得市場競爭比任何時代更激烈，而且因社會劇變而浮現前所未有的嶄新又多樣的主題經濟。

代表性主題經濟有：夜間經濟（Night Economy）、假日經濟（Holiday Economy）、貓熊現象（Panda Phenomenon）、海洋經濟（Maritime Economy）等。如果企業了解主題經濟的出現背景及其事業概念，並策略性運用的話，就能夠創下嶄新的機會。

夜間經濟——白天的熱情延伸至夜晚

傳統上，中國人的夜間活動不輸白天，因此晝間經濟通常具有延伸至夜間的特性。尤其二〇〇三年春季發生SARS以來，上海及北京等大都市避開人多的白天時間而在夜間活動的人口大幅增加，於是出現了夜晚時吃喝玩樂的所謂「夜間經濟」新消費文化。預期夜間經濟會隨著假日經濟一起成爲主導未來民間消費的兩大現象。

夜間經濟市場由於與白天的環境不同，因此其業種及商品會有所差別。以企業立場來說，有必要經由分析夜間活動的消費者需求，並以此爲根據而擬訂市場策略。夜間經濟的商業概念應從照明（亮）、交通（行）、飲食（食）、觀光（樂）、服飾（衣）、安全（安）的角度切入。

首先，家庭、營業賣場用照明器材及省電設備的需求量將會持續增加。而隨著夜間活動熱絡，除了使計程車、公車等業種直接受惠之外，各種車輛零件市場的前景也看好。喜愛旅遊的中國人越來越多國內旅遊的機會，旅遊業種及一回用旅遊產品潛力無限。此外，以中長期的角度來看，在先進國家已經普遍的專業氣象預報服務市場也可能會擴展。

傳統上中國人在衣食住行中最重視飲食，而夜間時享用路邊攤的比例較高，因此省水型

夜間經濟和假日經濟的商業概念

亮	行	食
家庭及賣場	交通運輸業	免洗碗盤
照明器材	汽車零件	長期保存型食品
省電設備	氣象報告	餐廳
樂	衣	安
旅遊業	服飾類、鞋子	防盜產品
一回用旅遊產品	裝飾品	防火設備用品
旅館業	帽子	護身用品

食品、長期保存型食品的需求將會增加，免洗湯匙、碗盤及處理食物殘渣相關設備等也後市看俏。還有服飾類、裝飾品、防盜產品、防火設備用品等與貼身安全相關產品也有很大的發展空間。

夜間經濟基本上是由於外出機會增加，使得市場規模變大，以此點來說與假日經濟一脈相通，因而可以產生類似的商業機會。所以企業應該對夜間經濟和假日經濟進行統合性了解，以便擬訂進入市場所需的策略。

貓熊現象——由新世代主導的新消費

貓熊是象徵中國的代表性動物，牠通常一次只產下一隻小貓熊，一直貼身細心照顧到三歲。一九七二年中美建交那一年，中國政府贈送美國一對雌雄貓熊，由此成了兩國建交的象徵物。中國在這段時期剛起步的一胎化政策，產生了無數的獨生子女。在獨享父母的關懷中成長的他們，被稱為「小皇帝」。

以前兒女眾多而且經濟艱難的時代，無暇照顧所生的每一個小孩。但如今物質供給過剩的時代，小皇帝在家庭經濟中具有絕對的意見決定權。因為唯一的子女就是家庭的未來也是希望，因此做父母的為了子女都不怕經濟上的負擔。據問卷調查顯示，都市家庭中百分之六十五的父母都認為自己不懂電腦不要緊，但一定要為子女購置電腦。在很多家庭中，由小皇帝獨佔電視頻道決定權，而且透過網際網路獨享流行、名牌、文化、娛樂等資訊。父母滿足唯一的子女所想要的一切，這種情形就跟貓熊一樣，因此將小皇帝的消費傾向稱為「貓熊現象」。

那麼他們的消費力量有多強呢？中國小孩也像韓國小孩一樣會拿過年的壓歲錢。過去幾年的年平均國內生產毛額增加率是百分之八左右，但壓歲錢卻每年增加百分之二十五以上。這也象徵他們的消費能力大增。由北京專業市場調查研究機構「零點調查」所實施的問卷調查，發現非常有趣的結果。在每一戶平均人口數為三・二六名的都市地區，由五歲到十二歲小孩行使家庭意見決定權的佔百分之三十二，由十三歲到十八歲子女行使決定權的比率更高達百分之四十四。令人驚訝的是，甚至由四歲以下幼兒行使決定權的也達到百分之十二。

若以小皇帝為目標顧客時，商業概念從飲食（食）、服飾（衣）、文具（學）、娛樂（樂）等四種角度切入。世界級速食連鎖店麥當勞和肯德基在中國能成功的原因就在於西方速食迷

貓熊現象的商業概念

食	衣	學	樂
速食、飲料、奶粉、幼兒食品	服飾類、鞋子、裝飾品、帽子	文具類、教學用s/w、電子辭典	玩具、MP3、線上遊戲、電玩人物

——小皇帝。此外，自從二〇〇四年發生因爲食用假奶粉導致幼兒死亡的事件之後，對高級奶粉的需求量也在增加。可口可樂等跨國企業和中國本土企業，正在兒童飲料市場展開一場激戰。

每年春、秋兩季各學校開學時段，文具用品市場最熱絡，但已從筆記用品、書包、筆記本蛻變成計算機、電子辭典、外語學習機、教育用軟體等更高級、更高價位的市場。雖然服飾類、鞋子、裝飾品等市場的高級化速度稍微慢了一點，但還是有一定的成長速度，至於MP3和線上遊戲方面，未來將成長爲規模的最大市場。

海洋經濟——浮現出來的新興產業

根據中國國家海洋局二〇〇四年首次公布的〈二〇〇三年中國海洋經濟統計公報〉，二〇〇三年海洋產業的總生產額爲一兆七十七億七千一百萬元人民幣（約一千二百二十億美元），與一九八〇年（八十億元人民幣）相比成長了一百二十五倍。目前海洋產業的年平均成長率爲百分之九至十，已超越國內生產毛額的增加幅度。國家海洋局計畫

海洋經濟的商業概念

行	食	樂	環	研
海洋運輸業	魚貝類加工業	開發渡假村	處理海洋廢棄物	研究海洋生物活
船舶及零件	鹽化工業	海邊用品	處理都市廢棄物	性物質及微生物
管理s/w	養殖業	釣魚	海洋地理資訊系統	資源

二〇一〇年前讓海洋經濟在國內生產毛額中所佔的比例擴大至百分之五。

以上海爲中心的長江三角洲一帶承擔了中國海洋經濟總生產額的三分之一，而且在山東省、廣東省、天津等地，如海洋漁業、海洋交通運輸業、魚貝類加工業、旅遊區開發等也急遽成長爲新興產業。

海洋經濟的商業概念由交通（行）、飲食（食）、旅遊（樂）、環境（環）、研究海洋生物（研）等角度切入。中國海洋經濟相關產業在量方面雖然有成長，但以低技術水準及低附加價值業種爲主。目前外國企業進入市場的條件仍然不好，但預估未來十年內會完全開放。其中海洋運輸業和渡假村開發事業方面，韓國企業已經有經驗而且知道訣竅，所以它對韓國來說，是有希望的領域。

五、以成功進入中國的企業為學習標竿

雖然充滿魅力，但絕不輕鬆的市場

中國已經成爲深受全世界注意的經濟實體，但成長神話的背後仍存留著粗糙的形象。資本主義的因素和社會主義的因素，時而柔和地，時而尷尬地共存，市場似乎開放又似乎封閉，到處都是仿冒品，智慧財產權很難獲得保護，不符合WTO會員國的身分及世界工廠的美名。

很多企業因爲看上中國的市場規模及潛力而紛紛投入競爭隊伍，使得市場的不確定性日益增大。有句話在流傳：「好不容易甩掉競爭者，消費者卻也已掉頭離去。」顯示產品的壽命非常短促。雖然充滿魅力，但絕不是一個輕鬆的市場。不過在這種環境中，仍有些企業採取與其他競爭企業不同的策略及戰術而大獲成功。他們成功的例子對想要進入中國內需市場的韓國企業，將成爲有用的標竿學習模式。

忍耐並施捨吧——安麗（Amway）

安麗（中國大陸譯爲「安利」）在一九九五年進入中國之後，面臨對外國直銷業者嚴格限制的環境，最終還能登上中國直銷業界第一名，其背後隱藏著其他企業看不見的經營秘訣。

一九九八年四月二十一日中國國務院發表〈關於禁止傳銷經營活動的通知〉之後，從當天起立刻付諸實施。因爲自一九九〇年起出現的多層次傳銷變質爲非法老鼠會販賣，導致了嚴重的社會問題，於是要求所有的直銷企業轉換營業方式，使得中國國內的安麗營業活動也因而一度被中斷。此一事件使得紐約股市的安麗股價一天內就暴跌百分之二十。安麗的中國營業額自一九九七年的十五億元人民幣（一億八千萬美元），到一九九八年暴跌爲三億二千萬元人民幣（三千九百萬美元），由此可以想像當時的衝擊多大。

於是安麗開始研究是否從中國撤退，以及對中國政府「該對抗，還是該順應」的問題，經過細心討論之後決定，堅持絕不放棄的方針。果然在直銷禁令公布後約十天，就傳出好消息。當時國務委員吳儀在接見八家直銷企業代表的會議上，提到意義深遠的話。

「這些禁令不是針對你們的，我們知道直銷在國外是存在的，我知道你們都是好公司，但中國也有中國的理由，禁令下來了，也沒有辦法，我只能幫你們找一條出路。」

果然如她所說，沒過多久中國政府就提出了折衷方案——如果並行店鋪販賣，即可允准直銷營業。中國如此爲外國企業重新開放門戶，是由於考慮到雖然傳銷販賣在有些方面會出現副作用，但在先進國家確實是普遍的流通形態，而且爲了未來中國流通業的發展，必須學習其技巧。

於是安麗立即在中國各地區開設了一百三十個賣場，當然，也沒有放棄原來的直銷。雖然被迫開設了賣場，但利用賣場販賣反而提升了安麗在全國的知名度，不須對抗中國政府，便能繼續營業。安麗到如今仍然認爲，能順利度過直銷禁令，是不對抗當局所獲得的結果。

安麗在中國經營最凸顯的做法就是慈善活動。瀏覽中國安麗的網站（www.amway.com.cn），可以發現該公司積極支援貧窮兒童的教育事業，簡直令人無法區別出那是企業網站還是慈善團體網站。該公司爲慈善事業慷慨捐輸，有時與中國兒童少年基金會共同舉辦爲幫助貧窮少年的募款活動，有時提供巨額的內地發展基金。由於直銷在中國是敏感的業種，因此爲了塑造「善良」企業形象而推行此一策略。

安麗在中國的經營中深受注意的另一個重點，就是擺脫被動的角色而掌握了主導權。安麗自一九九八年直銷禁令以來，就注意到了中國政府的關鍵問題是什麼，並認爲雖然已經下了禁令，但未來無論以任何形態都需要法規化。於是在一九九九年七月向國務委員吳儀呈遞了〈中國直銷發展的過去與未來〉報告，這是安麗的員工爲了對流通方面的立法經驗幾乎是零的中國政府而寫成的報告，同時還呈遞了「反金字塔銷售規定樣本」、「直銷管理規定樣本」、「世界直銷協會商德約法樣本」等外國事例，結果這些資料讓中國政府人士非常滿意。此事之後，安麗接受商務部邀請，又另外遞交了關於業界對直銷法的意見報告。

安麗的一位高級幹部曾經表示：「不可以期望中國政府了解我們的方法。」因此身爲連相關法令都沒有的敏感業種，安麗在進入市場後便主動協助其法制化。連業界相關人士都毫不隱諱地說，中國的直銷立法過程有一半是安麗的功勞。

之前中國對外國直銷業進入中國，是在限制極爲嚴格的範圍內許可，因此在中國營業的直銷業包括安麗不超過十家。預期二〇〇五年中關於擴大開放市場的實施細則將出爐，使得很多家直銷企業計畫進軍中國。但據了解即使實施細則出爐，諸如資金規定等進入市場所需的條件仍可能非常嚴格，因此預估眞正進入市場的新進業者並不會那麼多。業界間有傳聞說，安麗向中國政府遊說而故意將細則訂得較嚴苛。雖然無法確定此傳聞的眞實性，但它也顯示出安麗在中國直銷市場的地位有多高。

後起企業的大逆轉——生力（San Miguel）集團

在行銷領域，不使用一般的媒體或手段來傳達訊息的方法稱爲游擊行銷（guerrila marketing）。通常後起企業運用此一手法，以極少的行銷費用而在短時間內擴大市場佔有率。市場競爭越激烈，越會出現以特殊點子武裝的嶄新形態游擊行銷。譬如出版新書的出版社員工搭乘捷運時閱讀那本書以達到宣傳效果，就是游擊行銷的典型例子。還有巧裝爲一般人的模特兒，拿著剛上市的照相手機給「眞正的」一般人拜託拍攝的秘密行銷（stealth marketing）；二〇〇二年韓日世界盃足球賽時，某企業的非正式贊助者便藉由動員「紅惡魔」而令人錯覺爲正式贊助者的埋伏行銷（ambush marketing）等，都是運用行銷手法的例子。

中國引進游擊行銷概念的時間雖然相當久，但實踐的企業並不多，在這方面的帶頭先鋒應是香港的生力啤酒。生力集團原本是菲律賓企業，但一九四八年進軍香港以來彷彿變成是香港企業，甚至香港大多數人都誤認爲它是香港本土企業。這公司不僅以香港，還以廣東省做爲主力市場。

二〇〇一年生力推出酒精含量百分之四．五的生力清啤（San Miguel light），原本是要吸引年輕顧客群，但由於多種因素而不如意，年輕人只表示「有聽過，但……」這樣的反映而已。負責廣告的奧美廣告（Ogilvy Interactive）公司爲此進行了消費者分析。

奧美廣告調查消費者傾向時所使用的方法就是偷聽。一般的調查方式有街頭或電話問卷調查，不過消費者通常不會輕易透露自己眞正的想法，有時還反而會美化自己的行爲或觀點。相對地，偷聽算是認知目標消費者最直接的方法。於是奧美廣告派遣偷聽成員到年輕人經常聚集的場所，偷聽年輕人的話題，聽他們在說什麼內容以及使用哪些語言等。調查結果發現，一九八〇年代出生的年輕人特性爲有點雜亂、空虛、重視個性，但彼此之間維持緊密的紐帶感。至於日常語言習慣不算太合乎邏輯，打破常規的表達反而佔得比較多。

奧美廣告將這項調查結果應用於廣告設計上，決定不聘用明星，而以卡通人物爲模特兒，而且不是俊美形象，反而開發了長得不美的「醜八怪」人物，並將它取名爲與San Miguel發音類似的山米（Sammy），廣告主認爲看似頑皮但模樣天眞的卡通人物，是反映年輕人看起來粗獷但不會傷害別人的形象，也就是說採取了與一般電視廣告差別化的策略。

生力和奧美廣告將山米製作成電腦螢幕保護程式或滑鼠icon，經由網路流傳，並製作了動畫短片，一時之間凝聚了年輕網路公民的關心。網路公民不經任何帶領，自動從網站上轉貼，使得山米當年在香港及廣州成爲年輕人最喜愛的虛擬人物，並且被選定爲當年最具影響力的廣告。

此外，還製作山米面具，大量散布到廣州、香港等年輕人經常聚集的酒店。

經過這一連串活動，一時之間使山米的知名度及影響力暴增。展開這項游擊行銷策略三星期之後，實施市場調查結果顯示，十八歲到二十四歲的人對廣告的認知度達到百分之九十八，對品牌認知度也達百分之九十四。生力也獲得新進消費者百分之五十的購買意願，原有消費者百分之六十的重複購買率的好成績。

通常在中國，早一步進入市場會被視爲先行者（first mover）的市場利多。但如今區別先行企業或後起企業，已沒有多大意義。因爲未來會出現很多後起企業透過先行企業沒想到的點子——例如運用游擊行銷，製造消費者新鮮的話題，而超越先行企業。

積極地學習其他業種——B&Q特力屋

中國的建材及室內裝潢市場保持每年百分之二十的高成長，預估到了二〇一〇年時會達到大約一兆元人民幣，可說是個黃金蛋。數一數二的大型跨國企業正加快腳步進入市場，其中表現最突出的企業就是英國倉庫型連鎖店B&Q，自從一九九九年踏入中國以來，目前在七個城市中設有十八所賣場，藉著價格回饋策略及其他業種標竿學習，而在短期內成功登上市場領導者的位子。

後來B&Q暫時放棄初期的高價策略，大幅降低價格形成價格風暴來吸引業界的注意。

近來還以維持消費者信賴的價格爲目標，而與上海市建材協會及上海市物價協會等共同組織價格監督小組，展開定期和不定期監督價格的活動。看一看B&Q進入中國市場的過程，就可以了解跨國企業的典型價格策略。通常跨國企業在進入市場初期競爭者不多的情況下，會訂出相當高的價格，這並不是單純想獲得較多利潤，而是爲了預備等到出現其他競爭者時，充分保留降價的空間。可口可樂剛進入中國時一罐三．五元人民幣，到現在已降價爲一元人民幣就是其例子。

B&Q能夠成功的另一因素爲行銷形態的差別化。目前中國建材銷售業百分之九十以上都是傳統店舖形態，與先進國家的百分之九十五爲倉庫型賣場比起來落後很多。因此B&Q率先在中國開設倉庫型連鎖店，便形成讓同行企業難以企及的競爭力。

B&Q的另一競爭力，在於將麥當勞和沃爾瑪的經營模式有效地結合於建材業上，引用上述兩家其他業種的「規模效應」及「低費用結構」，成爲代表性的標竿學習例子。

以麥當勞爲例，它是以食品爲主業，附加販賣少量玩具。這些商品由於附加價值低，所以盡量保持低價的購買成本，並集中開設於人潮流動量大的地區，使規模的效應極大化。B&Q也是集中進入上海、深圳等大都市鬧區，並計畫在二〇〇八年前每年開設十家賣場，逐漸成長爲龐大的公司。

不過事實上B&Q並不是將麥當勞的經營方式照單全收，由於它的產品種類遠比麥當勞多，因此採購策略比銷售策略還更重要，也會對營業環境產生決定性的影響，所以它學習的就是沃爾瑪的「採購當地化」。B&Q在中國每年採購金額已經超過十億元人民幣（一億二千萬美元），但仍然每年增加百分之十五以便降低採購費用。另外爲了擴張賣場，與不動產業者關係密切，因而和中國不動產業界的火車頭「華潤置地」簽訂了戰略型合作協定。降低費用策略逐漸獲得成功，以原木地板材爲例，每一平方公尺購買原價由一九九九年的一百三十八元人民幣，到如今已經大幅降低了一百元人民幣左右。最近美國的家庭倉庫（Home Depot）和德國的歐倍德（OBI）爲挽回市場佔有率而進入策略作戰，B&Q則設定方針，以更革命性的降價來甩掉他們。

全方位定位——雅高（Accor）集團

全球一百三十七個國家設有三千二百多家連鎖飯店的法國雅高集團，在中國也經營三十多家飯店。雅高的中國市場進入策略集中於全方位定位。

雅高進入中國最突出的策略，是將飛機座位的概念運用於飯店經營上。該公司亞太地區總部首席副總裁說：「設想一下頭等艙十二個座位、商務艙四十個座位、經濟艙四百個座位的客機，就算頭等艙客滿，但如果利用經濟艙的顧客不多，就賺不到錢。即使如此，也總不能將所有座位都改成頭等艙。」他的意思是說：「就像客機座位等級的分配方式一樣，飯店也需要分爲高級型及一般型，除了諾富特（Novotel）、索菲特（Sofitel）等豪華級飯店之外，還同時經營經濟級飯店。」

雅高集團預估，到了二〇一九年左右時，全球約百分之十的客機二萬二千架次以中國爲起降中心，中國國內旅客數也跟著大幅增多。然而來中國的所有旅客不可能都投宿豪華級飯店，因此經濟飯店的需求將會擴大。實際上雅高集團在天津經營的宜必思（Ibis）飯店，就是一天住宿費一百五十元人民幣（十八美元）的經濟飯店，僅在實驗營業期間也有超過百分之七十五的住房率。

目前雅高集團正在上海國際賽車場附近，與中國公司合作建設豪華級飯店。國際一級方程式賽車自從二〇〇四年九月在上海舉辦第一場比賽之後，每年都舉辦十六回競賽，預期將會帶來大批富裕階層的旅客，因而在策略上進行此項計畫。

價位攻勢——萊雅（L'OREAL）和可口可樂

世界最大化妝品公司萊雅彩妝專業品牌媚比琳（Maybelline中國大陸譯爲「美寶蓮」），在中國國內售價大幅降低百分之三十，以加強大眾化策略。中國萊雅公司宣稱將媚比琳定位爲大眾消費品，要讓中國的所有女性至少擁有一種媚比琳商品。

以媚比琳口紅爲例，價位是三十至六十元人民幣，與日本資生堂產品（一百元人民幣以上）比起來，價格不到一半。不過中國萊雅公司判斷，以化妝品的特性而言，有時降低價格反而會導致顧客流失，因此在表現方式上絕不使用降低價格的說法，而使用「心動價」的說法。也就是說並非單純的降價，而是品牌的重建。

萊雅爲了強化中國市場，併購了廣東省的中國本土化妝品「小護士」，目前在全中國設有三十萬個銷售點。現在萊雅的最大目標，是要追上很早就進入中國美容品市場並已鞏固地位的寶僑家品（P&G）。前一年，P&G僅靠一種歐蕾（OLAY）品牌，便在中國創下了二十五億元人民幣（三億美元）的營業額，但萊雅在中國的營業額僅有十五萬元人民幣左右（一萬八千美元）而已。由此可以預料未來在中國美容品市場上，萊雅和P&G將有一場激戰。

可口可樂的價格策略在於依地區而不同。也就是說，依大都市和中小都市而有不同的價格。可口可樂在北京和上海等大都市，以每罐零售價二至二．五元人民幣的鐵罐裝產品爲主；但在中小型都市自二、三年前起，推出每瓶一元人民幣的瓶裝產品，大力展開所謂的「一元行銷」策略。

根據當初可口可樂的判斷，中小型都市由於所得水準相對較低，對飲料公司而言很容易成爲障礙因素，不過利用可以回收的瓶裝產品在市場及價位上形成差別化，就能夠轉變成有吸引力的市場。實際上最近瓶裝產品果眞保持年營業額平均成長百分之三十。

近來可口可樂也強化兒童飲料市場。因爲中國的一胎化政策，使得珍貴的子女們消費力已經比香港及台灣的兒童還大。據了解，以八歲到十二歲爲目標顧客的酷兒（Qoo）飲料在中國頗受歡迎。目前中國每人每年的飲料消費量是十六公斤，只有世界平均值的三分之一，因此依據業界的共同看法，日後市場的潛力無限。

店鋪行銷——星巴克（Starbucks）

一九九九年一月開設北京店爲起步而進入中國的星巴克，還不到五年，已超越咖啡專門店的水準，躍升爲中產階層的新社交場所。甚至出現如果沒有定期上門坐坐，就覺得空虛的一些上癮顧客。接著就來看看，不透過任何大眾媒體廣告，卻急遽成長的星巴克經營範例。

星巴克和麥當勞一樣，早就投身於跨國經營，但設於各國的店鋪網則配合當地市場而採取合資、獨資、加盟連鎖權等多樣經營方式，而且美國總公司在各國店鋪保留的持股率也各不相同。譬如，在英國、泰國、奧地利等保留百分之百持股；在韓國、日本保留百分之五十持股；在新加坡、中國（上海）則採用不保留持股的特約形態。

星巴克將中國劃分爲華北（北京、天津）、華東（上海、杭州、蘇州）、華南（香港、廣東、澳門）等三個市場，並設計不同的差別化策略。在北京和天津由北京美大咖啡行使代理權；在華東和華南各由台灣統一集團和香港美心（Maxim's）集團掌管經營權。公司判斷，由於消費者的傾向各不相同，所以應該運用最了解當地市場的專家。

外國人眾多的北京及上海，咖啡文化相當普遍，但在傳統上茶文化發達的廣東省，則採取週末時以外國人爲目標顧客，平日以中國人爲主要顧客的二元化策略。除了出售加綠茶香味的咖啡之外，每年中秋節時也販賣加咖啡香味的月餅等，在本土化行銷上花費心力。

星巴克不但把世界上最普遍的嗜好食品之一的咖啡培植爲高附加價值的產品，而且不依賴傳統媒體廣告，這種行銷方式在中國也照樣適用。費用驚人的一般廣告並不是建立品牌時必不可缺的先決條件，他們認爲服務業的最佳行銷路線，在於店鋪本身。也就是說，如果商品和服務好，顧客聽口碑自然就會聚集過來，要不然做再好的廣告效果也是有限。

此外，也充分運用了中國人傳統上喜歡誇耀的心理。星巴克的最大特色，就是當顧客一進入賣場即聞到濃濃的咖啡香，並且不可以抽菸，這點是在中國國內其他飲食業界很不容易體會到的特殊又高品味的經驗，因而使人覺得來這裡消費的顧客，比去一般咖啡廳的人更有教養、經濟上也更豐饒的印象。星巴克的形象從初期單純喝咖啡的場所，逐漸轉變成白領階級的社交場所，營造了獨特的品牌效應，可見上述的策略的確發揮了效力。

最近上海市中心陸續進駐日本和台灣品牌的咖啡店，但仍無法趕上星巴克的地位。

只要取好名字就會成功

世界各國企業蜂擁聚集到中國，競爭也跟著更加激烈起來。每家企業不但加快腳步開發高級新產品，同時爲了使自家公司的產品在傾巢而出的眾多產品中更凸顯而努力設計各種策略及點子，這樣的努力也在爲商品取名字上充分反映。

仔細看中國市場的各類商標，可以發現很多巧妙又特別的點子。尤其利用中文獨特發音的商品名稱，具有令人悅耳的魅力。

譬如，與香港明星「劉德華」同音不同字的「流得滑」登記爲修正液商標；華人圈有名的香港歌手「謝霆鋒」名字也被運用在相同發音的止瀉藥「瀉停封」。曾在韓國播放過的電視劇《包青天》也成了成人用紙尿褲的商標，因爲中國人將包青天尊稱爲「包大人」；還有在中國受歡迎的香港電影《無間道》也成爲服飾類的品牌；有些企業看到「情人節」漸受重視，索性把它登記爲商標。

以二〇〇四年的統計來看，中國是韓國出口業績中佔百分之二十的最大出口市場。韓國在中國進口市場的佔有率爲百分之十一・一，繼日本（百分之十六・八）和台灣（百分之十一・六）之後名列第三。中國也是韓國最大的海外投資對象，只以二〇〇四年一個年度來看，在中國投資業績第一名的不是日本或美國，而是韓國。如此出口至中國也多，投資也多，但在中國卻不常看到「Made in Korea」的商品。由於出口至中國的韓國商品中，多半是零件和原副材料等表面上看不出來的商品，所以很多都是沒名字的商品，令人覺得好像不是「Made in Korea」，而是「Made in Korea inside」。

如今韓國要緊的不是單純地提高出口或投資業績，而是盡快進入中國的內需消費市場。爲此應該給我們的商品取個好名字，好叫又好記，再加上奇特的點子，在開發市場時應該可以錦上添花吧。

上述多家企業爲了進攻中國市場所採取的策略，雖然方式都不同，但可以發現有個共同點，就是在企業所處的環境中，找出競爭優勢因素，並把它發展爲核心競爭力。在面對事業禁令的狀況下，以忍耐及慈善而突破難關的安麗；以游擊行銷法而掀起熱潮的生力；採取獨特價格策略的萊雅等，都是將其他企業沒想到的部分運用爲競爭優勢因素。核心競爭力不同於商品，具有競爭對方不容易複製的特性，因此可以說它才是帶領企業成功的重要角色。上述例子告訴我們，在競爭激烈的中國，只靠和其他人相同的方法是無法成功的。

六、沒有無緣無故的失敗

從易利信的失敗中學習進入中國市場的教訓

以直接投資形態進入中國的企業最好奇的問題之一就是，早先進入的企業成功和失敗比例爲多少？可惜，關於此一問題並沒有太多客觀且可靠的數據。因爲海外投資從過去的許可制變爲申報制以來，要分析個別企業的經營細節現況本身就不容易，而且以投資企業爲對象的問卷調查正確性也很低。實際上看看各機關做的問卷調查結果即可發現，以企業本身的判斷爲標準而回答「成功」的比例約百分之六十至七十，顯示相當高的數值。也許參與這些問卷調查的企業大都正常營業，其他失敗或倒閉的企業可能根本沒有包含在內的關係吧。而且出口業在較短期間內以資金回收與否即可知道成功或失敗，但投資則需要在較長時間中進行，所以成敗的判斷有時比較模糊。

對正在考慮進入中國的企業來說，有時失敗的例子比成功的例子更具有借鏡的效用，因爲藉此可以預備防止失敗的應對方案。常被指責的失敗因素有，選錯中國方面的合作夥伴、不熟悉法規、賒帳交易引起的資金困難、競爭激烈化等。以易利信（Ericsson，中國大陸譯爲「愛立信」）爲例，它所遭遇到的行銷及顧客管理、銷售網管理等複合性問題，比上述的基本問題還大。雖然自從與Sony合作之後走得很順利，但曾有一陣子面臨差點從中國市場消失的危機，其主要原因在於未充分考慮中國的特殊性，忽視市場需求，只執著於企業本身的信心。雖已經是過去的事情，但它的錯誤經驗對未來要進入中國內需市場的企業而言，具有前車之鑑的作用。

令人難以置信，暴跌，一再暴跌

一九九七年易利信在中國成功掌握歐洲型全球行動通訊系統（GSM）終端機市場，而逐漸成爲行動電話業界的新強者。當時易利信的市場佔有率達到百分之三十七，對在一九九〇年代中期爲止一直獨佔市場的摩托羅拉形成威脅。但是只不過一年後的一九九八年末時，易利信的市場佔有率降低爲百分之二十五，繼而降至百分之十（一九九九年），再降爲百分之五（二〇〇〇年），彷彿掉入無底洞似的。這種情形不但在中國，而且在全世界上演前所未有的暴跌情勢。易利信的消費者也一個接一個消失不見了。

易利信具有一百三十年歷史的技術實力，是公認的世界第一。原本靠技術成功的企業，當然以技術優勢做爲其核心競爭力，而且公司本身也充滿技術崇拜意識的企業文化。不過，盲目相信技術在帶領超過三年到最高十年的過度研發投資結構之後，卻逐漸成爲過重的負擔。

一般來說，世界五百大企業的營業額中研發投資比例爲百分之八至十左右，但易利信早在十年前便超過百分之十三。二〇〇〇年時無線通訊機器研發費用已達到營業額的百分之十五．五，第二年時更超越了百分之二十。二〇〇二年研發費用比二〇〇〇年增加兩倍。當時這些資本大都投入於開發二．五G（第二．五代）和三G（第三代）產品，光二〇〇一年一個年度內研發三G的花費便多達三百四十一億美元。

問題是這樣的投資背離了實際的需求。由於三G實用化時期往後延，使得GSM在相當期間仍保持爲市場主流，二〇〇二年一年間三G部門損失金額多達十四億美元，這是太過先進反而錯失的例子。假如新產品上採用的技術太先進，消費者會因「感覺陌生」或「昂貴」等理由而產生抗拒心理，而且因周邊產業技術也未成熟，所以完成不了具有規模的經濟。

忽略產品的本土化

易利信的錯誤除了在於盲目相信技術之外，也在於忽略了本土化策略。它的問題並非忽視本土化本身，而是本土化策略僅在生產及人力方面實施，但在消費者身上最直接顯示的行銷方面卻固守傳統方式。此一例子警告我們，跨國企業的本土化策略應該在全方位上進行。

易利信剛進入中國時設立的合資公司：北京及南京愛立信移動通訊有限公司從初期就強調了本土化，在公司內成立專業部門，並交給中國籍工程師管理。這部門推動包括籌備中國產零件、生產、供給部門的本土化業務。與「中國聯通」的協力關係也自初期買賣關係逐漸擴大為專案融資、售後服務等。

人力方面的本土化尤其可觀。中國國內三千八百多名員工中，外國籍員工的比例才百分之五而已，而且中國籍員工陸續升遷至中高級管理階層。一九九七年十一月時在北京設立「易利信中國學校」，提供員工終身學習機會，易利信中國學校也將技術移轉標榜為主要課題。如果只看到此一階段，易利信的本土化是最佳標竿學習對象，確實領先於其他跨國企業。

但易利信眞正忽略的部分就是產品的本土化。中國由於面積廣大、人口眾多、獨特的經濟系統，因此比全球任何市場更特殊、更複雜。跨國企業進入中國市場時，要充分考量到主流消費階層的生活習慣及消費方式等文化差異，才能夠獲得消費者的信賴。尤其近年來各企業之間逐漸縮小生產技術的落差，並強調消費市場個性化的趨勢，因此再多的強調本土化策略也不嫌過分。

以往易利信上市產品的設計，彷佛象徵歐洲人的保守性格和固執，給人的感覺很硬，與重視時尚、喜好更巧、更輕、更薄的中國人口味差得遠。加上，先推出英文模式後再推出中文模式，未充分考慮到中國人的操作習慣。

易利信行動電話不像摩托羅拉或諾基亞（Nokia），僅強調通訊機器的功能，但在為消費者提供資訊方面卻比摩托羅拉或諾基亞落後。摩托羅拉推出V730型後，依各市場特性，運用重點宣傳手機各種不同功能的差別化廣告策略。譬如，在中國凸顯伴唱機功能；在韓國及美國則分別集中強調方便的網路連接及遊戲功能。此外摩托羅拉和諾基亞早就開放由公司網站下載鈴聲、音樂、遊戲、相片等服務，但易利信的公司網站僅著重（現在已不同）介紹產品及技術、報導資料、社會活動、就業機會等。這點對中國市場來說的確缺乏親和力。

疏忽顧客管理

二〇〇〇年五月一日，廣州的楊建初先生購買了易利信18SC行動電話，但發現通話中常斷訊的毛病。楊先生為此進進出出顧客服務中心，多次接受更換主要零件等修理，但毛病依舊，於是向公司多次要求退貨，但客服中心只回答說：「去販賣店看看。」然而販賣店卻以「已經更換零件」為由拒絕退貨。如此楊先生至二〇〇一年三月初為止，先後進進出出易利信客服中心多達十八次。楊先生認為客服中心和販賣店以互踢皮球的方式捉弄他，最後發火了。於是楊先生就寫信給主要媒體及消費者協會等，主張中國應該禁售品質上及設計上有缺陷的所有易利信行動電話，而且附帶求償四萬五千元人民幣，同時登報道歉。易利信對此堅持表示：「根本無法接受賠償要求，而且不可能以個人案件來對所有消費者公開道歉。」

沒過多久，「中國產品品質協會」在報紙上發表警告文：「愛立信三款手機問題成堆，消費者購買時要慎重。」此一消息在一瞬間散播至全中國。

中國當地周刊雜誌《南方週末》除了登載警告文之外，連楊先生的個人電子信箱都刊載，結果經歷類似經驗的消費者數百名寄e-mail給楊先生，表示同感和支持。最後由三十六名消費者針對易利信提出了集體訴訟，同年十二月四日法院判決易利信須退還消費者行動電話費用及一定的賠償金。

易利信的例子顯示，適切處理顧客及媒體的反應，是多麼重要的事。易利信的最大問題在於市場反應系統。其實，捲入與楊先生的訴訟之前，早在一九九八年時也發生過類似的事件，當時部分消費者指責易利信行動電話品質及售後服務有問題，而且媒體也做過相關報導。

即使如此，易利信仍堅稱說：「我們公司的行動電話沒有問題。」極力排斥市場反應。當時由於行動電話市場的競爭不太激烈，因此在沒有太大衝突的情況下馬虎解決了。但只不過二、三年後的市場版圖已變得完全不同，隨著競爭極度激烈，使得如服務等技術外的因素比技術本身來得重要。

當初易利信對自己公司的技術力過度自信，連在訴訟過程中仍顯現一貫的高姿態，因而與消費者之間的距離越來越遠。由此也得到教訓，如果以個人單位來看，消費者處於弱勢，但有時會變成龐大的抗拒勢力。此外也可看出其公司內部資訊溝通上有問題。據說，當時易利信主要幹部看到楊先生提出訴訟的媒體報導才知道這件事。

之後，易利信自二〇〇〇年下半年起，約一年半期間營業額直線滑落，庫存量堆積如山，部分生產線也停產，因而離開公司的勞工也超過一千名。由於一位廣州消費者引起的小小問題沒有適時解決，竟演變成全中國的問題，最終使得享譽全球的名聲也大受打擊。

錯誤選擇銷售網

無論多優秀的技術製造的產品，如果流通網上有問題，就會變成無用之物。當初易利信進入中國時採用的流通網，是典型的複式代理商制度。首先，透過香港易利信進口的行動電話和在中國生產的產品，賣給具有全國級規模的一級代理商，一級代理商賣給各省的二級代理商，二級代理商再賣給散布各都市的批發商，批發商則賣給零售商，零售商賣給最終消費者。

這種銷售方式的長處是可以充分利用代理商及批發商的資金和行銷資源，因此以生產者立場來看，可以降低行銷費用等負擔。

但短處也不少，由於經由多階段的中間商，所以從工廠到消費者之間的距離太遠，而且利潤主體分散，因而在中途蒸發掉的利潤也不少。加上越接近消費者的中間商，越追求眼前的利潤，因此常發生「不聽話」的現象，也就是說生產者無法有效地控制各階段，對於像行動電話這種市場變化激烈的產品，便會因而延誤反映關鍵性的問題。

複式代理商制度並非唯獨易利信一家採用，其實摩托羅拉和Nokia等也採用此一制度。因爲如果要具備公司獨自的流通網，就需要驚人的投資費用，此外還須考慮到如迷宮般複雜的中國流通市場的結構，複式代理商制度是不得已的選擇。如果要迅速應對市場變化，應該盡量靠近消費者，但以外國企業立場來說，現實上「沒辦法靠近到第一線」。

爲了補救這些障礙因素造成的缺失，Nokia成立了市場資訊蒐集網，派遣多達三百多名的直屬行銷部銷售員，每天搜集資訊及資料來向市場分析組報告，並且建立一發生問題就立即解決的系統。至於摩托羅拉則另外開設專門店，並僱用比易利信多好幾倍的銷售員直接投入現場。

Nokia及摩托羅拉如此竭盡心力接近消費者，對照起來，易利信似乎抱持著只要賣給一級代理商就不管的態度。由於遠離現場，因此無法挽回銷售網的劣勢，最後陷入了與現場越離越遠的惡性循環。

如今雖然中國行動電話業界流傳「要學習三星、Sony-Ericsson」的說法，易利信的市場佔有率也正在急遽上升，但無論什麼業種在進入中國市場時，應該以二〇〇〇年前後幾年期間的易利信事件做爲借鏡。

七、企業在中國的十種生存策略

要早一步掌握未來符號

到目前為止，韓國企業進入中國大多是現在進行型多於未來啓發型（future-oriented）。也就是說，很多企業並非為了未來可能生成的新種市場及機會，而是晚一步才踏入已經建立好的市場。

說實在，因為企業在這樣的結構中很難生存，而且面對眼前發生的狀況時也不知不覺中過度敏感起來。我們還記得自二〇〇三年下半年開始，中國因原材料波動等因素而深受折騰的事。幸好，由於翌年五月中國政府實施緊縮政策，雖然使得企業的生產部門受影響，但也稍微減低了原材料方面的擔憂。即使如此，韓國仍然不放心原材料市場的安定，而且也開始擔心緊縮政策會給市場潑冷水，就像一位母親為賣雨傘的兒子和賣草鞋的兒子左右都擔心，這樣的心態是不行的。因爲如果爲眼前發生的事而驚慌失措，那麼未來關於中國要驚慌的事還多著呢。換句話說，最重要的是，今後對中國的看法不要在冷熱之間反反覆覆。

企業應該早日扔掉原先的觀念，早一步讀取哪些符號對未來的中國有展望，以便比其他競爭公司快一步進入。

要掌握今後市場上呈現的未來符號最有效的方法，就是細心觀察中國的政策及環境變化，並以此爲根基而設計應對方案。

首先，由於中國決定以新的資訊科技以及高科技產業爲新成長動力產業，急速擴大這方面的市場。韓國企業應該以資訊科技和尖端零件爲主，轉換出口項目的結構。今後由於中國企業的技術進步，因此以價格競爭力爲主的單純出口可能會受限，企業應該致力於以尖端零件爲主的出口項目之多樣化。預計今後中國爲了保護本國產業，必要時可能會積極運用反傾銷條例及緊急限制進口措施。中國的限制進口措施主要集中於鋼鐵及化工製品，至於資訊科技和相關零件則未被包含在內，因此是將來擴大出口市場的有利條件。預計十年後中國技術提升，幾乎沒有不生產的產品，到時候就算進口關稅再怎麼降低，進口誘發效力也會有限，因此出口至中國應再轉爲以高級零件爲主。

第二，中國不斷在推動二〇〇八年北京奧運及二〇一〇年上海博覽會、廣州亞運等具有驚人經濟誘發效力的大型國策計畫，再加上今後爲了國土均衡發展，積極進行社會基礎建設等明確的規畫，所以我們也要盡全力擴展多方面的市場。譬如，隨著擴大社會基礎建設而需求的領域有：挖土機、起重機等建設重裝備、發電設備、熔接設備、通訊設備等；隨著擴大房屋建造而需求的領域有：地板材、壁紙、窗框、高級油漆、節約能源用品、隔音設備等建材；此外隨著中國政府爲了環境及資源寧願更改經濟成長方式，而需求防止大氣污染及水質污染的處理設備、固體廢棄物處理設備等；還有中國已逐漸踏入資訊化時代，諸如分碼多工存取（Code-Division Multiple Access：CDMA）通訊設備、網路產品、機上盒（Set Top Box）、超速網路產品等將大受歡迎。

第三，中國最近根據國土均衡發展策略，集中培植所謂「第二線（地方中小型）」都市，因此應該盡力擴大進入此一地區市場。如果從消費市場的角度來看，上海及北京等大都市的競爭已經非常激烈，但在大都市鄰近仍有許多具有市場潛力的中小型都市，例如位於長江三角洲鄰近上海的十多個主要都市。這裡仍是外國企業尚未進入的地區，有必要盡快建立據點。如果很難獨自開發市場網絡，必要時也可考慮與中國企業合作。

要運作策略型合作系統

進入中國投資的企業最早面臨的難題之一，就是該以合資（或合作）方式還是以獨資方式進入？「合資」是以設立中外合資企業的方式，由各投資者共同出資、共同經營、對損益承擔共同責任的有限公司形態。「合作」是由各投資者共同投資，但不同於合資依出資比例自動分配權利及義務，而是依據投資者們簽的合約來分配。合作的長處是可以彈性控制投資人的權利及義務，但對韓國企業而言是較陌生的投資方式，因此大部分以合資或獨資方式進入。

通常喜好獨資的企業多於合資者，但是依投資企業的現況、業種及經營策略等而各有不同的優缺點，所以並沒有哪種方式是絕對有利。有些企業設立了合資公司後，因與中國夥伴發生磨擦，而再轉成獨資方式；有些企業本來以獨資方式進入後，爲了開發中國流通市場而轉換爲合資方式。

今後隨著中國擴大開放內需消費市場，使得企業之間出現以策略上的合作方式爲主流，優於合資或獨資。企業隨著市場的日漸擴大而感到推動新進事業的需求，但總不能在毫無預備的狀況下擴張，因爲市場的不確定性逐漸增加，風險也跟著擴大，因此採取新進事業投入費用最少化，同時結合我方企業與其他企業長處的混合型——雙贏策略（win-win strategy）。

預估這樣的趨勢會在同種業界或不同種業界中活躍進行，尤其是隨時依各事業單位的需求進行合作的開放型合作，將成爲左右中國事業成敗的新種武器。也就是說，昨天的敵人可能成爲明天的同志。

要轉變為學習型組織

筆者曾經從韓國國內前十名的某大企業中國計畫負責人那兒聽說如下的內容：「從一年前開始推動與中國企業的合資計畫，後來正式簽訂契約時發現，相關法律已經變了。也就是說，與環境相關的條件變得更嚴格，因此現在不得不重新檢討當初的規畫。」

如今依據常識，大部分的企業關係人都知道，中國趁WTO加入前後時期修正了數千條經濟相關法令及法規，不過很多公司還是會疏忽掉這樣的動態如何影響到實際的事業現場。既然如今已經修正了數千條法令及法規，那麼未來可能還會修改更多的規定，隨後市場也將以全然不同的面貌來呈現。

中國市場雖然充滿魅力，但企業要隨時做好充分的準備，才能夠把它變成屬於自己的市場，因此越來越需要務實的學習。

企業中負責中國方面業務的組織上最常見的問題，就是認識中國但不懂經濟；要不然就是懂經濟但不認識中國。大學中文系出身的人才雖然懂中國的情形和中文，但對經濟不夠了解；很懂經濟的人才卻不懂中國的特殊性。因此我們需要同時了解中國的特殊性及經濟的培育環境，企業也必須以此爲重心而改變成學習型組織。

如果企業要重生爲學習型組織，應該加強學習外來環境的活動，同時企業內部的學習系統也必須運作得很有效率。

筆者服務的Kotra由於承辦中國市場相關資訊的諮詢，所以不斷接到中小企業或大企業詢問各種資訊或支援事務。不過，有些同一集團內的不同企業，或同一企業內的不同事業部各自詢問相同資訊的例子也不少。無論企業是不是以事業部組織構成，假如內部資訊的流通不順暢，因而導致幾個部門重複相同的事務，結果可能會造成競爭力下降。

以品牌獲勝

要在競爭日益激烈的中國市場上生存，應該至少擁有一項能領先其他公司的核心競爭力。核心競爭力通常以技術競爭力、資金競爭力、銷售競爭力、品牌競爭力這四種角度去思考。那麼，要進入中國的企業，應該將未來的競爭力瞄準於其中哪一點才好？

「最近該賣什麼東西比較好？」

受理與中國相關的諮詢時，最常聽到類似上述的問題。這類詢問者一定會提到下面的理由：「因爲在韓國很難做生意，聽說中國經濟比較好。」雖然我十分了解他們的心情，但其實這種問題很難回答。

我們常聽到有人說中國市場已經變成高價品的中心。話是沒錯，但中國市場具有龐大規模經濟的特性，所以高貴產品有高貴的路線，低廉產品有低廉的路線，各自形成不同的市場。也就是說，高品質和低品質各自形成不同的市場。假如不考慮這樣的市場特性，而只聽說別人賣某些產品賣得很好，就依樣畫葫蘆，將會非常危險，尤其在中國這種溢滿庫存貨品的激烈競爭市場中更是危險。

也有人詢問類似的問題：「若要投資中國，該到哪個地區比較好？」當然，也有資料顯示中國各主要都市投資環境的排名，但如果企業本身沒有事先到現場了解實況，只倚賴已公布的資料，那麼成功的機率將會很低。

筆者在和韓國企業的諮商過程中經常發現，相當多企業過度高估自己公司產品的技術力，譬如說目前資金稍微不足但技術是一流，或說自己公司具有中國企業意想不到的好技術等等。不過參與韓國招商團說明會的中國客戶卻表示：「很多韓國企業自認爲自己公司的技術最高，但那種程度的技術在中國也多得很。」

有一次，筆者接到電扇製造公司職員打來的電話。說實在，以電扇來說，韓國產品在相同品質及功能上簡直無法追上中國產品的價位競爭力，因爲在中國只花二至三百元人民幣就能買到還不錯的電扇。所以當時筆者向那家公司提問擁有哪些競爭優勢因素？那公司竟信心十足地說：「本公司的電扇有遙控功能。」可是只花二至三百元人民幣就能買到的中國產品也具有遙控功能啊。這家公司應該要開發與眾不同的特殊功能才對，而不是只提出任何人都想得到的一般功能。

就算具有先進的技術，也不能完全安心。因爲隨著中國市場開放的加速化，加上傳播資訊路線的多樣化，使得技術因素的比重反而有減低的趨勢。尤其在家庭用商品不斷變化的市場環境上，能夠鞏固眼前的相對性技術優勢已不是很容易的事。如果要正確設定未來技術的發展方向，更是不容易。

雀巢（Nestle）公司的總裁包必達（Peter Brabeck）曾經使習慣於茶文化的中國人對狀元咖啡（Taster’s Choice coffee）和雀巢咖啡留下深刻的印象，他的一段話驗證了上述的事實。

「雀巢公司不會將技術放在策略的中心，雀巢公司的核心在於產品及品牌。即使經由開發技術而生產了更優秀的產品，但技術還是當做幕後支援的要素。雖然尊重技術，但它並不是策略的重點。」

一般來說，在資金方面，外國企業確實遠比中國企業佔優勢。不過中國企業經過二十五年來的急遽成長而蓄積了相當多的財富，而且金融體系環境也日益改善，中國企業和外國企業之間的資金落差也逐漸縮小。甚至有些位於先鋒的中國企業，已經開始進行海外資金調撥。中國企業認爲如果過度依賴資金力，就沒辦法期待產品會銷售得更好。

至於銷售流通網方面，基本上外國企業做得再好也一定居於劣勢。自從中國加入WTO以來，很多外國企業陸續進入市場，而且早已進入的企業正準備伸展到中小都市。雖然韓國的產品、技術或管理方式可以移植到中國，但在行銷網方面，情況就全然不同了。中國的流通路線很複雜，要進入大都市或許容易，但靠獨自力量要進入中小都市卻不容易，因此大部分公司自然就利用當地的代理商。不過通常中國的代理商將銷售的地區設限爲所在地市場，加上資金力不足，所以在外國企業的市場擴張上往往成爲受限因素。原本以大都市爲主而展開行銷的西門子，近來與中國行動電話公司波導合作進攻中小都市，就是因爲波導公司的行銷網具有足夠的魅力。

由此觀之，品牌力是外國企業在未來相當期間中可以繼續保持的競爭力重點，但對中國企業而言卻是最脆弱的。預估隨著中國自二〇〇五年起積極開放內需流通市場，使得品牌的重要性更加凸顯。一般認爲品牌只適用於高級的高價品，但事實上它無關於品質、價格或企業規模，所有產品都具有屬於自己的固有形象。品牌勝負策略的重點在於如何累積固有形象。

將唯一屬於自己的獨特形象有效率地傳給消費者時，最重要的就是「我們公司的產品到底該放在哪種位置？」等關於產品定位的問題。雖然韓國企業出口很多種產品到中國市場，但是由於其中原副材料相當多，所以在消費市場揚名的「Made in Korea」產品卻少得屈指可數。就算進入完成品市場，也因爲產品定位模糊，而在中國產品及外國產品之間失去定位，陷於所謂的「胡桃鉗」（nut cracker）狀態。今後韓國企業應該積極開發一種使中國消費者一提到某某產品就立刻想起的品牌。而且這種問題不局限於大企業，對於靠獨自開發品牌且管理條件不完善的中小企業來說，也不妨以共同品牌開發方式來應對。

對於市場必須一再分析

中國加入WTO的當時，國內外許多研究機構爭先發表未來中國市場會增大數倍等報告。現在也仍然不斷有人預測，諸如：若每年降一次進口稅率，便會增加中國的進口百分比等等。不過應該仔細思考一下，中國市場果眞會依照這些數値而變動嗎？

先看看未來前景看好的運動用品市場。目前中國運動用品市場規模推算爲每年五十億美元左右。由於所得水準日益提高以及休閒文化漸趨活躍，因而預估中國將躍登爲世界最大運動用品市場。雖然中國是世界級名牌產品以「原廠委託製造」方式生產的世界最大運動鞋生產工廠，不過是不是消費力也如此？頗令人懷疑。實際上市場情形全然不是這麼回事。以運動鞋的特色來看，年輕階層的需求應該急遽成長，但中國學生的功課和考試壓力比韓國還嚴重，因此幾乎沒有運動的機會。就算未來市場潛力增強，但如果整個社會系統不改變的話，市場的成長可能達不到期待値。

駐中國的企業人士吐露說，韓國總公司給予的擴大銷量壓力，絕不輸給當地所遇到的種種困境。他們說，最艱難的部分是與總公司的溝通問題，絕大多數的原因在於總公司只執著於數據。假如囿於數據，就像是硬要用竹尺（應該用布尺）來測量凹凸不平的中國。中國市場不能靠表面上的數據，而應該依趨勢來判斷。爲了分析其趨勢，要把整個市場分析後再細部分析。

中國沿海地區及內陸地區的市場環境不同，而南方和北方的市場也不一樣。即使以經濟圈別來看，也彷彿是不同國家似地具有各自不同的特色，連在同一經濟圈內的各都市都不相同，甚至在一個都市裡差別因素遠比共同因素來得多，這就是中國的特殊性。

逐漸成爲中國最大市場的長江三角洲中，與上海距離不過一至二小時車程的蘇州、杭州等鄰近都市，便具有全然不同的樣貌。比如，以零售流通業爲例，在上海是由家樂福等外國公司掌握市場，但在蘇州及杭州等地則是由中國本土企業守住地盤。消費者購物時的時間、地點等條件，在上海和鄰近都市也各有不同的反映。所以說，要同時進攻不同的都市，在現實上根本是不可能的事，因此各企業必須進行市場細分化的策略才行。

日本、台灣、香港的企業經常採取三－三－三策略。首先針對上海爲中心的長江三角洲、廣東省的珠江三角洲、北京及天津的華北經濟圈等三大經濟圈，分析事業條件和市場環境後篩選出有利的經濟圈。接著在這經濟圈內相互比較三個候選地區，最後再選定將要進入的地區。

必須早日擺脫十三億龐大市場的錯誤觀念，並且把市場分析得越詳細，企業的成功機率才會越提高。

運用心理價格策略

說實在，企業的競爭優勢基本上在於兩種因素：推出「更好的」產品，要不然就推出「更便宜的」產品。如果現實上很難同時具備這兩種因素，那麼至少要具備其中一種因素才能成功。一般來說，企業希望高價，消費者則希望低價，這就是價格的兩面性。

通常在設定行銷價格的方法中有非線式定價（non-linear pricing）及套裝式定價（pricing bundling）等策略。非線式定價是指依消費者的採購量而變動的價格，譬如買三送一，或一個四百元四個一千元。至於套裝式定價，譬如一個書包五百元、一本筆記本二十元，但同時買書包和筆記本時則只要五百一十元。

近年來中國市場上心理價格策略很普遍。這種策略是實際上並不便宜的價格，卻讓消費者心理上產生便宜很多的錯覺。還有假設消費者並不一定喜歡低價而又迴避高價，就索性提出「感覺不錯的」價格。滲入消費者心理的策略無關於價格的高低，但在市場上往往會成功。

傳統習慣上中國人喜歡數字八和九。由於「八」的中文發音與發財的「發」類似；「九」的中文發音與「長長久久」的「久」字相同，因此「八」和「九」在中國象徵吉祥之意。

在市場裡常會發現，原價一千元的商品卻貼上九九八元或九八八元的標籤，無論中國人開的服飾店或家樂福等外商零售流通業等都是這種情形。「九九八」的中文發音使人產生「久久發」的心理作用；「九八八」的中文發音使人連想為「久發發」，這兩者都含有發財長長久久的意思。

一百七十元的產品則以一六八元來賣。「一六八」的中文發音使消費者由此連想到「一路發」。就像這些例子，在中國適切運用八和九字，便能發揮很不錯的「心理價格」。

雖然現在已經停產，但韓國國內曾經有「八八」牌香煙。假如拿這樣的產品到中國以八．八元的價格出售，或許會因心理價格和口碑行銷之效應而獲利也說不定。

中國也和韓國一樣，通常把價位最末端數字用非整數標示。實際上中國由於貨幣單位較低（角、分），因此小數點以下的價格相當多。有時原價十元的商品轉變成九．八元或九．七元。

不過這時也有一定的規則，通常最後的數字都大於五。因爲譬如標價九・六元時，消費者覺得便宜而欣然購買，但標價九・四元時，消費者先想到要殺價。一般來說，日用品及食品上標這種非整數價格，實際上價格降幅不大，但因而可以提高營業額，這也是一種心理價格的促銷方式。

確保成本

如第二章裡提過的，根據中國商務部發表二〇〇四年下半年度主要商品供需動向顯示，共六百種樣本調查項目中百分之七十四・三（四百四十六種）產品的供給超過需求。需求與供給均衡的項目有一百五十四種，僅佔百分之二十五・七，至於需求超過供給的項目則一種都沒有。

由於經由擴大投資而促進經濟成長的結構性因素，以及中國企業和外商投資企業製造的產品大量湧入市場，供給過剩現象在未來十年間將成爲中國市場的特色之一。

如果供給過剩持續下去，企業爲了減少庫存壓力而會投入價格競爭，最後必然導致成本惡化。因此可以預測，就算賣得多，獲利也會降低，結果在自食己肉式的競爭中保不住性命的企業將被大量淘汰。供給過剩結構隨時都可能促使中國政府實施反傾銷調查和緊急限制進口措施，所以韓國企業應該依項目別隨時檢驗市場供需動態，以便適切控制生產量。而且與其加入純價格競爭，還不如以差別化策略來確保成本。

構築危機管理系統

由於市場版圖的劇變、競爭局面的尖銳化，還有預想不到的天災地變等因素，不論任何形式都會面臨危機狀態，這就是現代企業環境的特性。

根據市調專門機構「零點調查」實施的企業實況調查，顯示中國企業危機的程度非常嚴重。「零點調查」把面臨一至二個危機的企業分類爲「一般危機狀態企業」；面臨三至四個危機的企業分類爲「中度危機狀態企業」；面臨五個以上危機的企業分類爲「高度危機狀態企業」。結果，在上海和北京的企業中面臨中度危機和高度危機的企業各多達百分之四十．四和百分之十四．四，而其餘的百分之四十五．二處於一般危機。

至於危機的類型，顯現爲人力資源危機、行業危機、產品及服務危機。

然而根據調查，大部分的中國企業及外商投資企業並不具備危機管理系統。企業的危機狀況彷彿惡性腫瘤，會有一定的潛伏期。雖說現在當場掌握到市場機會，但假如未預先做好適當的對策，等危機出現時便來不及維持生存力。

進入中國的一些跨國企業，以各業種不同的特色及海外市場經驗為基礎，已經開始獨自構築危機管理系統。譬如，東芝（Toshiba）擬訂了載錄各種災害發生時的危機管理及應對手冊〈全球國際行動準則〉；飛利浦（Philips）則將工作安全手冊按季修正並運用於現場；米其林（Michelin）、新力（Sony）也以職員為對象實施危機教育或常設緊急事件處理小組。

至於進入中國的韓國企業，除了數家大企業之外，大部分都沒有預防危機及管理系統，就算引進部分系統，也往往制度設備上不完善。這些企業必須積極標竿學習跨國企業的危機管理系統，才能夠在十年後的中國市場繼續生存。

盡到社會上的責任

根據下面幾種徵候判斷，未來中國將大力強調企業的社會責任及角色。

第一，隨著社會主義經濟系統瓦解，使得市場經濟因素急速擴張。在過去由國家全盤負責的系統環境下，企業的角色僅存於生產部門。在那個時代，收購生產物來分配是國家的責任，在這過程中企業不曾接受任何要求。但是在急速發展成民營經濟以及無數外國企業湧入的狀況下，國家不再是分配的負責人，如今需要有代替該角色的新主體。中國將從「企業應盡社會責任」的觀點上，要求企業承擔一定的角色。

第二，如第一章裡提到的，進入中國的部分跨國企業出現短時間內席捲市場的現象，導致現在漸漸形成不再讓外商企業單方獲利的氣氛，因此賺錢的企業應該回饋社會的概念將會越來越擴張，而且期待外商企業比中國企業承擔更多社會責任。

第三，隨著快速經濟成長引起的貧富落差，使得財富不均現象嚴重。爲了解決此一問題，某些部分必須從企業的角度加以支援。

中國所期望的企業社會責任，從慈善活動、社會義工活動到成立工會等，形態非常多元。以工會爲例，依據現行勞動法規定，勞工二十五人以上的外商企業應成立基層工會委員會，但大部分的外商企業都迴避，因此將來很有可能會加強查核。

由於企業的社會責任並非法律規定而是道德性義工活動，因此就算不盡社會責任也不違法。即使如此，盡到社會責任的企業遠比不盡責的企業受惠更多。例如安麗雖然在中國進行非常敏感的直銷業，但還能夠受到中國政府積極支援的最大因素，就在於積極展開慈善活動。

預備長期抗戰

進入中國的大部分韓國企業都很注重在最短時間內獲得營業利潤並匯回韓國，也看到不少企業抱定決心要在一年內成功。雖然在中國設立法人公司不難，但要確保穩定的營業基礎所需的時間、努力、資金可不輕。

大部分進入中國的企業，最重視的是在投資後一至二年內培育自生能力，有些企業要穩定基盤甚至花費了數年的時間。實際上根據Kotra二〇〇四年八月以進入中國的五百二十九家韓國企業爲對象實施的問卷調查結果，企業營收轉爲黑字的時期，百分之五十九・七的企業自投資時起二至三年後達成；多達百分之三十二・七的企業花費了五年以上。由此可以了解，百分之九十二・四的企業至少花費兩年以上才能達到黑字，而且這期間是剛從赤字轉爲黑字的時期，所以說，通常要達到穩定的事業基礎所需的時間其實更長。因爲要了解中國複雜的當地事業慣性，以及架構內需行銷網所需的時間比預期來得長。

舉個例子，香港知名的鐘錶公司「得利集團」，一九九〇年時便在廣東省東莞設立工廠，並以原廠委託製造方式交貨到某家世界知名公司。之後計畫要積極進攻中國內需市場，於是邊運用委託販賣商和代理商制度，邊並行批發業，但卻日益累計赤字。得利集團經歷各式各樣的決策錯誤，直到一九九七年引進專門店直營體制後終於開始有了利潤。由此推算，幾乎十年期間爲了開發中國市場而付了大約二千萬美元的學費。此例明確顯示，中國市場是一個錯綜複雜且須長期抗戰的複合體。

如果要短時間內獲利，便要在經營活動過程中加入「無理數」，有時還會導致非常危險的狀況。無理數在經營活動中常以逃稅的形態呈現。中國自二〇〇四年起加強對外商投資企業納稅業績的管制，有時須支付驚人的罰款，嚴重時駐地法人代表會被拘禁。假如事情到了這種地步，不但公司要關閉，而且處罰期限結束後，也不可能有機會在中國東山再起。

所以說，當利潤發生時、匯款回韓國之前，務必愼重其事。利潤匯款雖然在法律上許可，但預防萬一未來經營資金不足，而先保留爲預備資金，或運用爲駐地再投資比較妥當。依據先前進入中國的企業忠告，通常在中國要確保投資額的二至三倍預備資金才能安心。總之，先排除短時間內獲利的心態，以具有一貫性且長期的眼光及策略去經營才對。

八、個人對策

要學習中文

日本東京大學經濟學教授諾伯（Gregory W. Noble），二〇〇四年七月在韓國開發研究院（Korea Development Institute：KDI）國際政策研究所舉辦「東亞成長的未來原動力」的研討會中，關於韓國的未來競爭力發表了以下的看法：

> 未來在東亞，中文和英文的力量將更大，這對新加坡及台灣會成爲有利因素，但對韓國而言，由於中文與英文能力較差，因而競爭力會下降。

他指出自從中國逐漸成爲世界最大經濟實體之後，中文越來越受重視，但在韓國卻欠缺中文能力好的人才，因而可能對個人及國家競爭力會有負面影響。

預計未來十年後，進入中國的韓國企業將如河川暴漲般大增，而在此過程中亟需大量高度使用中文的人才。或許不久後，如果沒有中文能力就很難進入大企業服務。

英文在中國不大通用，連重要的資訊名詞都只以純中文表示的情形比比皆是。在中國的國際競爭力逐漸增強，以及韓中關係迅速擴張的時代中，個人的最大資產就是會使用中文的能力。

透過現場體驗而正確認識中國

有句話說：「對某國認識最清楚的人，是到該國一星期的旅客；其次還算清楚的人，是居住該國一年左右的人；至於居住該國五年或十年的人卻越來越不清楚該國。」筆者對這個說法深有同感。中國這個國家的確是令人越來越搞不懂。

近年來隨著中國旅遊熱門，短至三天兩夜，長至一星期旅遊上海或北京等地的旅客大幅增加。筆者認爲這樣的旅遊熱是非常值得的，因爲使很多人親自看見、感覺，並藉此而提供預備未來的機會。不過，問題是旅客只看到人多的觀光地區，或表面上徹底「改頭換面」的中國樣貌。結束短短的旅遊後便把自己歸入「我也是專家」行列的人，因爲只看到中國的片面，所以往往陷入誤解及矛盾之中。也就是說，自我設限的想像因素，掩蓋了中國的眞面目。

一九九二年韓中建交的當年，筆者曾翻譯過關於中國投資的書籍，我在譯者序文中提到膚淺的中國旅遊熱所帶來的問題：

我對過去幾年間的大學生和教師們遊學中國深感遺憾。聽他們說，遊學的目的在於要分析社會主義國家的現實、研究當今中國的經濟、比較並確認自由市場經濟體系的優勢等等，乍聽起來非常厲害。不過實際上參加遊學的人大多連一句中文都不會說，而且對中國這個國家僅有皮毛般的認識。至於他們在不過幾天的遊學後，透過媒體發表的看法更是從頭到尾都充滿矛盾。

十多年後的今日，韓國和中國的關係已密切得要分也分不開。甚至有人預測，從經濟中長期的角度來看，或許會發展到實際上一體化的階段。任何人都無法否認，應該由更多人親自去體認中國現場。即使如此，假如我們對中國的看法和判斷標準與十年前沒兩樣，就一定會有問題。既然是去分析中國，就應該竭盡全力正確地看、感覺中國的眞實面目。

個人爲了冷靜且正確地分析中國，留學或遊學等到現場親自體驗是最有效的方式。但如果環境條件上無法馬上進行親自體驗，透過國內外網路上的資料檢索等間接方法也很有用。無論親自體驗或間接經驗，最重要的前提條件，就是以嚴肅的態度來接受中國原來的面貌，如此才能夠擺脫幻想及誤解，而看到中國眞正的面貌。

要培育與中國相關的核心競爭力

據推算每年有二百萬名以上的韓國人訪問中國，長期居留中國的人數也超過三十萬名，在我們周圍經常會遇到從事與中國相關工作的人，中國對韓國人而言已成爲常識。但是看看周圍，還是有很多人口沫橫飛地談論中國對韓國會成爲危機還是機會等問題，多於如何運用中國等建設性的討論。筆者記得有一陣子還爲中國到底是不是資本主義而吵吵鬧鬧。

有智慧的人處於危機，也會找到其中隱藏的機會，但普通人就算機會來了，也不懂那是機會。如果能夠擺脫對中國的二分法式黑白論，將可消除模糊不清的期待以及毫無根據的危機感，由此自然顯現出中國的眞實面目。

未來十年後，預計韓國和中國的關係就算不簽署自由貿易協定（FTA），也仍大有可能發展到實際上的一體化階段。如此一來，個人在中國的工作機會也會越來越多。

從韓中關係的觀點上，再怎麼強調中文的重要性也不爲過，但在未來的中國社會上，僅有中文實力也無法保證個人的競爭力，因爲韓國人再怎麼熟練中文，也不可能超越中國人。

雖然中國將來提供我們龐大的機會，但如果用和別人相同的方式就無法成功。如果要在左右我們未來的中國關係中成爲主角，那麼除了以中文爲基礎之外，同時還要培養重點（核心）競爭力。

個人該具備的重點競爭力，就是在與中國的關係中發掘自己最有把握的領域，並把力量集中於此一領域，這點對於筆者而言也不例外。我雖然服務於支援韓國企業出口及投資中國的Kotra，但我在客戶諮商支援、展示會、誘引投資等多種與中國相關的工作中，將中國資訊調查當做我自己的重點競爭力。如今已有些心得，這就是此一策略努力的成果。

中國這座舞台上，不但企業的產品競爭激烈，個人的能力競爭也極爲嚴苛。所謂的「中國通」，並不是指對中國的所有一切一清二楚的人，而是培養重點競爭力並在專門領域中特殊化的人才。未來中國需求的正是這類的專業人才。

要慎重決定早期留學

如今外文對個人已經成了最基本的競爭力，爲了確保這樣的競爭力，而出現早期留學等方法。如果提早一點學習中文認識相關文化，確實有助於更正確了解中國。

筆者在Kotra上海貿易辦事處負責資訊調查工作，每天平均接到二十至三十件與中國相關的諮詢。以前詢問關於出口及投資問題的企業人士佔大多數，但不知從何時起，狀況轉變了，似乎毫無相關的人也來請求諮商，例如醫師、美容師、自營業者等，什麼職種都有。其中有一位主婦和小學生打來的電話令我印象深刻。

有一天我接到住在首爾的主婦打來的電話，她表示想諮詢有關小學四年級的女兒留學中國的事宜。

「這裡是Kotra。我想妳可能打錯電話了吧？」

「我先生靠Kotra的幫助而出口了不少東西，聽說還是詢問Kotra最可靠。我們鄰居好多家的小朋友都轉學到中國去，所以我也在考慮趁小朋友還小時送去留學。你覺得怎麼樣？」

「妳讓小朋友早期留學的目的是什麼？」

「因爲聽說以後中文好的人比較有出路啊。」

「我想如果是爲了那種目的，不用那麼小就到中國來吧，在韓國也照樣可以學中文啊！至於現場經驗，利用寒暑假時來旅行就夠了。」

我曾目睹很多早期留學的小朋友因適應不良而徬徨的例子，所以不同意她的想法。結果那位主婦似乎非常失望，於是順便再聊些相關問題後就掛了電話。

另有一次我接到小學六年級學生自己打來的電話。

「請問叔叔，我想留學中國，要怎麼準備？」

我驚訝之餘甚至覺得好荒謬。

「你怎麼知道Kotra？」

「老師告訴我們的。老師說我們以後要會講中文。」

據中國教育部二〇〇四年發表的資料，留學中國的韓國學生共有三萬五千名，是日本（一萬二千七百名）的兩倍，幾乎佔全部外國留學生的一半。有一所學校裡韓國留學生的比例超過全部留學生的百分之九十。據了解如果包括短期語文留學，中國國內實際上的韓國留學生大約有十萬名左右。雖然目前並沒有正確統計過小學、初中、高中的早期留學生，但很可能已經超過一萬名。

很多人指責，韓國颳起早期留學熱潮的原因，在於學歷至上的社會風氣，以及對教育制度的不信任日益提高。也就是說，人民因爲對社會及國家的缺失感到失望，於是就逃脫到海外去。

近年來留學中國的早期留學熱潮，並未考慮子女的性向及興趣，而只爲了「現在學好中文，將來可能會有幫助」。如果在沒有任何具體目標的情形下，只因爲將來中國會變成大國而留學中國，是非常錯誤的判斷，甚至聽過有些人認爲留學中國比到美國或歐洲低廉等難以理解的說法。然而在中國駐地卻常常目睹，來中國的小留學生因爲無法適應學校上課內容及生活而徬徨無助。

早期留學的首要關鍵，是以留學經驗爲根基而決定將來要做什麼事。至少要有個抱負，譬如想成爲哪方面領域的專家。如果過分去追隨時代潮流，那麼很可能會處於無論在韓國或中國都無法適應的狀況。

九、群體對策

要具有宏觀的眼光

群體要抱持的重要態度，是先擺脫短期內獲得成績的想法。近年來很多機構及團體以競爭的心態積極與中國建立合作事業，由於投入龐大的預算，所以自然會急於想快速獲得成績。不過，與中國合作的事業怎麼可能像如意算盤那樣完全按照預算和計畫進行呢？

早在韓中建交初期，韓國在兩國間產業合作模式中經歷過一次決策錯誤。當時因爲韓國單方面推動了中國根本沒有考慮的合作案子，結果過了好幾年後半途而廢不了了之，等於唱了一場沒有對象的獨腳戲，這種例子絕對不可以重複發生。

群體的合作事業應該以中長期眼光，朝提升企業的自生力及競爭力的方向推動。群體的欲望過高，就越會執著於短期業績，結果反而會傷害企業的競爭力。

由此觀之，當今進入中國的支援系統，必須從邁向未來的角度去安排。通常每當群體推動新的合作案子及支援事業時，自然陷入想成立新機構及組織的誘惑。如此一來，往往會導致機構及組織增加到不必要的程度，多於工作的效率性。事實上，與其成立新的機構及組織，還不如好好運用原來的機構及組織，並以宏觀的眼光去改善工作系統，就能夠獲得更大的成果。

要解決資訊的扭曲現象

流入韓國的中國相關資訊大多經由兩種路線：其一，翻譯中國製作的第一手資料；其二，翻譯美國、日本、歐洲等地的知名媒體及研究機構發表的資料。但是符合韓國國內現況而深入分析及加工的資訊卻非常不足。所以雖然資訊大量傾倒出來，但常引起品質上的疑慮，資訊的扭曲現象也日益嚴重。譬如國內股價只因國際投資銀行研究員發表的一句中國相關論點便大幅震盪，這與上述提及的韓國社會以短期業績爲主的風氣不無關係。

如果要改善中國資訊的扭曲現象，必須由超越個人及企業立場的群體努力。群體應以國家立場努力建立國人對中國經濟的正確觀念，在此之前須先解決以下兩個課題。

第一，要改善多家機構重複製作相同內容的中國資料。目前除了政府機關及公共機構之外，協會、工會、企業研究所等研究中國資料的地方多得數不清，不過他們所提出的資料卻有千篇一律的類似情形。甚至某特定機構提出的資料，被其他機構照單全收複製使用。像Kotra這種支援不特定企業的機關應該廣泛處理大範圍的資訊；至於各業種協會及工會，應該把資訊帶入特殊化的方向形成專業化。

第二，應建立非以量而以質評鑑中國相關資訊的系統。由於企業對中國資訊的需求量暴增，隨之許多機關也傾倒出大量資訊，但大部分是直接翻譯中文原始資料，不僅翻譯錯誤眾多，更嚴重的問題在於並不分析中國來的資料，而是看到翻譯本就照單全收，因而使得資訊的扭曲現象更加嚴重，這是以資料量取勝的當今系統所造成的結果。應該盡快成立一個系統，以高品質水準去評價、分析及加工資料。

集中培育與中國相關的智囊團

群體應該組織並培育將會帶領韓中未來關係的專家集團。

目前韓國對中國的研究內容大多較刻板，例如：「經過幾年之後，對中國的出口將會增加多少，或哪些業種會輸給中國」等。也就是說，並沒有對中國經濟、社會、政治現象進行深入研究。

韓國也應該運用類似中國的代表性智囊團——社會科學院等組織，以便廣泛集結人才，並由群體集中支援研究活動。必要時還可從中國招攬得力人才，或支援美國及日本等地的中國專家並委託研究課題。

筆者認為上述這樣的努力，遠比群體動員龐大的預算直接投入企業現場的合作事業，還會更有效率。

假如群體成立了有規模的專家集團，那麼不要只為出口額的多寡或哪種產業的前途較好等，戰戰兢兢地算出數值，應該先對中國現況做深入的分析。

韓國企業界及群體大多對人民幣升值，或中國經濟的「軟著陸」問題格外關心。可是每次都只關心其結果，至於深入的分析及有效率的應變計畫卻遲遲沒有出現。在此期待群體盡早培育出具有規模的中國專家智囊團。

（結語）改變觀念即可看得正確

筆者決定執筆《十年後的中國》時，先讓我想起了二十四年前的一九八一年冬季，有一天父親對我說過的一句話。當時，我剛考完大學聯考並打算選填貿易或管理學，父親卻建議我說：

「學貿易也好，管理也好，但也要考慮一下與中國相關的科系。我相信，未來十年後一定會大大有用。」

一九八二年春天，我就讀中文系並從此與中國結了緣，此後只要與中國相關的，不管什麼東西，我都會赴湯蹈火似地全心投入。

幾乎每個週末都到明洞的台灣大使館前，逛一逛街頭的台灣商店，喝一喝中國茶，還搜集京劇中的臉譜面具，吃炸醬麵時也會挑一家由華僑開的餐廳，還買了一百多卷香港及台灣發行的中國流行歌曲錄音帶，與中國相關的報導也一件都不漏地搜集起來。當時沒有網路，最多就是剪報貼在簿子上，我這個剪貼動作持續到學校畢業都不曾停過。多達數十本的剪貼簿，如今已成了褪色的回憶，但到現在仍一直保存在書房的一個角落。

然而令人驚訝的是，父親「十年後的預言」完全說中。一九九二年八月，韓國與中國建交，接著我進入Kotra，負責搜集並分析中國經濟資料，再轉告韓國企業進入中國時的方向及要領等工作，如果不是Kotra就很難體會到這種珍貴的經驗。每當我聽到有些企業經由諮商而成功簽訂出口契約，或投資成功等消息時便感到非常欣慰。我想，我能夠以自己的興趣爲工作而覺得很有成就感，是由於當初父親建議我爲十年後而準備的一句話才能有今天。

不諱言地說，在爲韓國企業提供各種資訊當中，並不是事事都有成就感。也有很多時候覺得不捨，因爲中國正在一天天變化，但韓國看中國的角度和觀念，十年前和今日卻沒有多大變化。很多企業仍然執著於中國是十三億人口聚集的魅力市場等觀念，卻忽視中國是變化多端且危險因素眾多的地區；還有人誤以爲只要建立好不錯的人際關係，所有事情都能辦得一路順暢。有些公司在沒有任何準備下貿然行事，竟然在契約簽訂日三天前才要求告知他們投資程序。到目前爲止，或許韓國企業這樣的觀念和行爲還勉強可以過關，但將來可能就會很難，因爲中國已經變得很不一樣。

也許有些讀者打開本書時，心中可能期待有什麼震撼性的未來預言，要不然至少可以從本書中找到將來中國會成爲一隻升天的龍，還是會變成一隻紙老虎等一翻兩瞪眼的結局。不管如何，我將一般人還不熟悉的新事實，盡可能據實地告訴讀者，並且以此爲根基，預測看看未來會出現的變化流向。爲了避免對中國的片面性美化或負面的報導，因此除了介紹中國速度驚人的發展面貌，也同時稍微探討其背後隱藏的煩惱和政策上的困境。

經由如此一連串過程而得到的結論，最要緊的還是必須改變對中國的看法。筆者認爲不要只從「中國威脅」或「中國困境」來看待中國的變化，而應該以更建設性的角度來了解。假如只談論威脅或困境，將會使得中國實體越來越遠離，成爲永遠無法認識的存在。實際上，依筆者的觀察，主張中國威脅論的人當中，不曾見過眞正了解中國現場的人。

如今，不要再以只屬於自己的方式去了解中國，而應接受中國的實體，先針對十年後的中國做準備。假如自己的觀念改變，眼前自然會出現中國的眞面目，接著就自然會明白如何進入市場的方法。

本書是在Kotra中國總部李曉秀部長的指導及協助下才能夠誕生。李曉秀部長屢次提醒我，中國市場最重要的部分就是要掌握變化的流向，還在筆者執筆過程中一一細心指導。特別感謝Hainaim出版社，盡心盡力將龐雜的資料聚集編成一本書，令人印象非常深刻。此外，也感謝在我執筆期間沒有妥善照顧家庭，但仍以寬敞的心包容我的內人和兩個兒子——成俊、成動。

希望將來關於中國的討論能夠進行得更多元、更有深度，也希望讀者諸君以本書為契機，重新認識中國，並且在為未來擬訂對策時有所幫助。

INK PUBLISHING 經商社匯 14

十年後的中國

圖　文　朴漢真
譯　者　金炫辰
審　稿　王存立
總編輯　初安民
責任編輯　陳思妤
美術編輯　許秋山

發行人　張書銘
出　版　INK印刻出版有限公司
台北縣中和市中正路800號13樓之3
電話：02-22281626
傳真：02-22281598
e-mail:ink.book@msa.hinet.net
網　址　舒讀網http://www.sudu.cc

法律顧問　漢廷法律事務所
劉大正律師
總代理　展智文化事業股份有限公司
電話：02-22533362・22535856
傳真：02-22518350
郵政劃撥　19000691　成陽出版股份有限公司
印　刷　海王印刷事業股份有限公司

出版日期　2006年2月　初版
2007年7月20日　初版二刷
ISBN　978-986-7108-21-3

定價　280元

國家圖書館出版品預行編目資料

十年後的中國／朴漢真 著；金炫辰 譯.
--初版，--臺北縣中和市：INK印刻，
2006〔民95〕面；　公分（經商社匯；14）

ISBN 986-7108-21-3（平裝）
1.經濟-中國大陸 2.經濟發展-中國大陸

552.2　95000919

INK INK INK INK INK INK
INK INK INK INK INK
INK INK INK INK INK INK
INK INK INK INK INK
INK INK INK INK INK INK
INK INK INK INK INK
INK INK INK INK INK INK
INK INK INK INK INK
INK INK INK INK INK INK
INK INK INK INK INK
INK INK INK INK INK INK
INK INK INK INK INK
INK INK INK INK INK INK
INK INK INK INK INK
INK INK INK INK INK INK
INK INK INK INK INK
INK INK INK INK INK INK
INK INK INK INK INK
INK INK INK INK INK INK
INK INK INK INK INK
INK INK INK INK INK INK
INK INK INK INK INK
INK INK INK INK INK INK

INK INK INK INK INK INK
NK INK INK INK INK INK IN
INK INK INK INK INK INK
NK INK INK INK INK INK IN
INK INK INK INK INK INK
NK INK INK INK INK INK IN
INK INK INK INK INK INK
NK INK INK INK INK INK IN
INK INK INK INK INK INK
NK INK INK INK INK INK IN
INK INK INK INK INK INK
NK INK INK INK INK INK IN
INK INK INK INK INK INK
NK INK INK INK INK INK IN
INK INK INK INK INK INK
NK INK INK INK INK INK IN
INK INK INK INK INK INK
NK INK INK INK INK INK IN
INK INK INK INK INK INK
NK INK INK INK INK INK IN
INK INK INK INK INK INK
NK INK INK INK INK INK IN
INK INK INK INK INK INK
NK INK INK INK INK INK IN